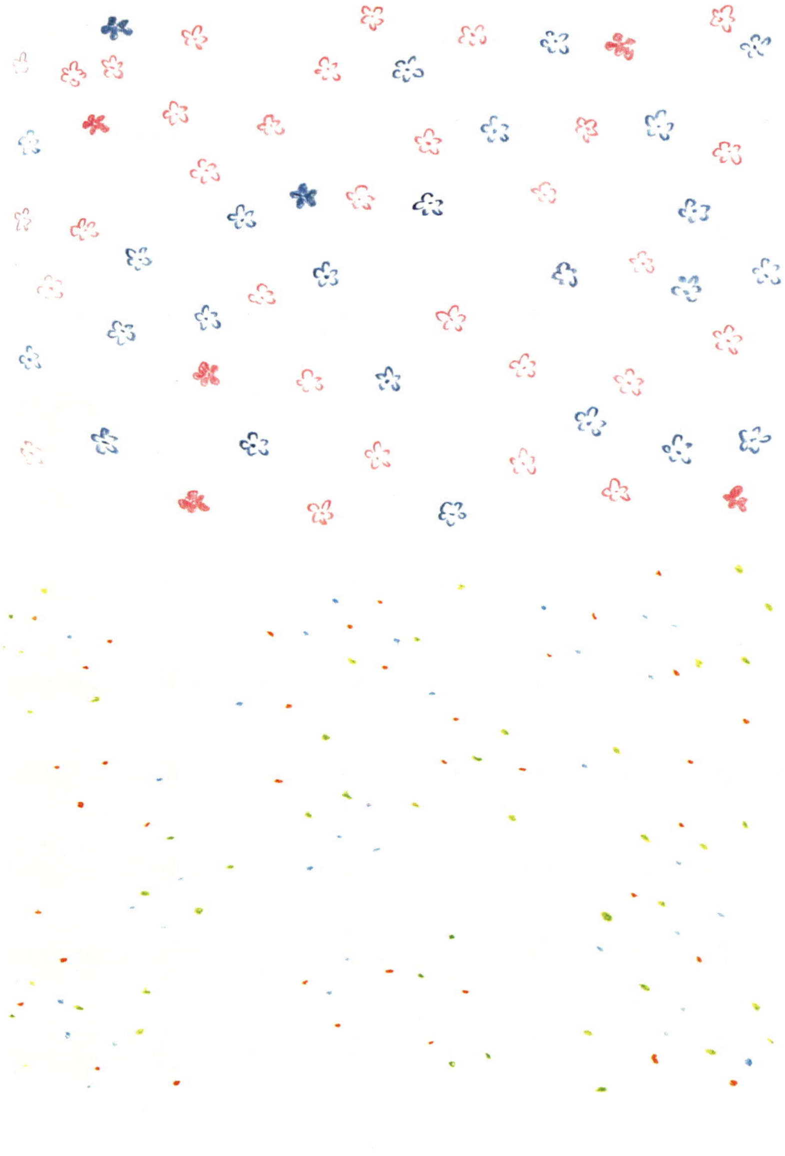

XIAO ZHANG
小张

张笑尘作品

2010-2011

大象出版社

XIAO ZHANG

目录 Contents

凌晨 2 am

XIAO ZHANG

早上 Morning

XIAO ZHANG

正午 Noon

XIAO ZHANG

下午茶 Tea-time

黄昏 Dusk

夜晚 Evening

梦 Dream

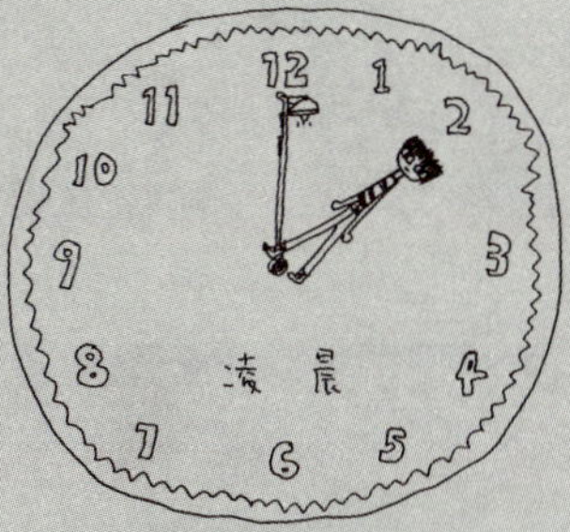

XIAOZHANG 小张

凌晨 2 AM

XIAO
ZHANG
他的侧脸　四点半的梦　一瞬的事
墓志铭　关于

他的侧脸 The Side Face

When he is thinking
His side face is silvery white
His eyelashes are jumping like piano keys

他发呆的时候　侧脸是银白色
睫毛一排排在颤动
似钢琴键在跳跃

他生气的时候　侧脸是灰褐色
绷在瘦削的骨上的肌肉
冻成令人忧伤的畏寒

他开心的时候　侧脸是明黄色
挺拔的鼻梁连着微张的鼻翼
像沿着陡峭的山峰洒过一路春光

他总是侧着脸

因为我坐在他的右边
金属边框的眼镜
隔离了我与他的空间

他一直侧着脸
因为我没有吸引他的视线
我像一个贪婪的小偷
静静地望着他的侧脸

他的侧脸
他对我侧着脸

2010.10

四点半的梦
A Dream at Four

In one of my dreams we were standing
at an empty crossroad
You held my hands
and I asked you wether I was dreaming
You smiled
The night was dark
The streets were quiet
The stars were hiding behind clouds
and the neon lights were sparkling
I did not believe you
at least in my fantasy
I knew that your smile was
not to me
but to yourself
It was my dream
but also yours
My love

空无一人的路口
你拉着我的手
我问你　这是不是梦
你笑了

漆黑一片的夜
街灯闪烁成黄绿色的河
天上没有星星
只有霓虹灯在闪

我不会相信你
至少在这里
我明白你回头绽放的笑

不是对我　是对你自己

2010.10

一瞬的事 The Moment

There was just a moment that
I realized I was awake.

从狰狞的噩梦中猛然醒来，发觉自己回到真实世界的时间是凌晨三点五十五分。我怔怔地睁眼持续五秒钟，然后整个身体往左挪动了一厘米。指针指向三点五十七分时，我仍因某种未知的理由清醒着。虽然明白自己是清醒着的，但身体似乎是僵硬的，不愿再多挪动一分一厘。一旦醒来，就要切实地去体验第一秒大脑内开始思考的感觉，那种感觉就像一台长年累月超负荷工作的机器，好不容易得以休息却又马上苏醒，或者，发觉并不是休息，只不过是停电而已。

真不愿醒来。

我仔细品味着这句话，或这道指令，在“真”、“不愿”和“醒来”三个部分上分别做了一秒钟的停顿。接着我才逐渐理解了这个句子的意思——“我”在为从一个可怕的梦境中狼狈地逃离感到羞耻和悔恨。当我彻底读懂我的想法后，已是凌晨四点整了，周围有谁在沉默地跳着舞。在这之后，那扑面而来的有关人的真情实感狂暴地将我淹没，我如同波浪中啼哭的婴儿，无辜、安详且老成地啼哭着。恨、妒、嫉、怅和惘席卷着我，在凝固的血液里穿山凿岭。我的身体因此而渐渐地回暖了，有了一点知觉。思绪仍像碎片，开始运行的部分有条不紊地混乱着。

人要用“睡去”和“醒来”结束和开启在我看来毫无分别的白昼与极夜，使得我像作息规律的红头果蝇一样，此时蜷缩在冰冷的被子下，隔着无数个血淋淋的尘粒去倾听一点点动人的声响，那来自窗外的吹向我的风。

风——

被子下的身体呻吟着，风——

每当从梦中醒来，总是留下这种痛死的感觉。人的苏醒不似重生，无须捡起荒唐的前日。我想，人的苏醒是在惩罚自己虚度的生命。然而那排山倒海的感情急速淹没了我，伪笑着，愚弄我的执著。

虽我只在刚醒来的那一秒是清醒着的，然那也只是一瞬的事。

2011.4

墓志铭 The Epitaph

I wrote about my childhood and early dreams on my epitaph. Then I lied down and fell asleep to chase another beautiful, and dirty world.

在这里，鲜红色的土地上，安息着失去生命的躯壳，她选择如此沉静地消亡。

在这里，鲜红色的土地上，天空是最浓郁的蓝色，金色的大树漫山遍野地自由生长，幻想是它们永远的食物。安息在这里的，没有气息的躯壳，她用她狂野的梦和浪漫，喂养起这片需要生命力的奇异的土地。然而失去生命之后，她选择躺在这里，躺在大树的旁边，等待最后一丝身躯的柔软被拿去，被盘桓的根吸干。

在这里，鲜红色的土地上，金色的树还不知道自己将面临枯死的命运。它盲目地寻找着可食的芬芳，却只找到她腐烂的身躯，静静地埋葬在根下。蓝的天空不知道自己将崩塌。红色的土地，只有红色的土地，明白自己也要干涸了。这个狭小的世界，就这么慢慢走向可怕的死亡。

取代它们的，将是从那腐烂的身躯上生长出的，没有气味、没有颜色的芽。

很久以前，在这里，在鲜红色的土地上，一切就都是如此烂漫的颜色。这片土地随着她的出生而出现，一直静静地潜伏着，等待主人的发现。只是年幼的主人无法看到那么遥远的地方，她享受着身边小小的被圈起的世界，静等年岁流过，自然生长。

过了很多年，在这里，鲜红色的土地上，主人终于开始发现了。她发现自己居然拥有如此奇妙的一个小世界，树是耀眼的金色，仿佛要压倒所有的光线；天是如此的蓝，蓝到凝固；土地是红色的，鲜艳的红，是血的颜色。对于她来说，这里的每一寸风景都有着致命的诱惑力，如果能够在这里长睡，她将比任何人都要幸福。

在这里，鲜红色的土地上，她开始用自己的方式滋润它们。

金色的树，有着极其贪婪的枝丫，疯狂地延伸，蔓延到土地上的每个地方，用它粗壮的根抓起红色的土地，抓得土地都痛了。树只肯接受她的抚摸，在被轻抚的喜悦中，抖落一身的金光；树只肯吞吃她的梦境和她的思想，如同蛮横的掠夺者，将她头脑中的所有念头掏空并吞噬，然后长出更加怪异的枝条，一根压着一根。

蓝的天，蓝得黏稠，化不开一点淡的颜色。它接收着她静静的呼吸声，用她生命的气息作为肥料，滋润自身的蓝。当她念起写的诗句，它就和树一起轻轻颤抖；当她露出神往的微笑，它就为她滴落自己的颜色，用令人窒息的蓝将她包围。

红色的土地，它给了树栖息之地，给了天存在之所。当她踏在土地身上，土地就发挥所有的热，发出奇异的红光。

她就这么直立在这片土地上，任由金色的枝条将自己缠绕，蓝色的天将自己包围，红色的土地将自己烤焦。

无时无刻，她都感到无比的幸福。宁愿不再醒来，回到其他冰冷的、残酷的世界。

在这里，鲜红色的土地上，好像永远都没有时间的痕迹，只有她越来越娇艳的容颜，越来越放纵的幻想。她开始整日整夜不离开这里，躺在土地上，轻声吟唱写的诗句。有时她累了，就攀上金色的树，眺望无尽的蓝。

无知的树和天以为一切永远都不会改变。

没有谁感到惶恐。

也许每个人都是如此，她也有这么想着。时间还是无情地向前狂奔，仿佛一夜之间，摧毁了她的美丽，留下黑色的残渣沾满了稚嫩的双手。名叫现实的世界开始壮大了，它也用自己无声的压迫方式，压迫她变形的双手，柔顺的发丝，和那个小小的世界。

她很久都没有再回来。

金色的树失去食物，变得十分奇怪：树干的颜色变淡了，生长出的枝条缩回了土地中，土地感受到它的根在急剧变短；蓝色的天像掺了水，大滴大滴的蓝色砸在土地上，化开成了白；土地依旧静静地等待着，它带着自己的生命，等待着某一天消亡的到来。

在这里，鲜红色的土地上，谁也不知道为何存在的土地上，所有事物都在为她而生长，为她而生存。来自最深处的深深依赖，扭曲了金色的树、蓝色的天，和红色的土地。

她很久都没有再回来。

某一天，她回来了。

她的脸变得像白纸一样苍白，变形的双手漆黑干枯，紧抓着一块石板。金色的树狂喜地扑上去觅食，却发现她的脑袋空空如也，一无所有；蓝色的天滴落自己最纯净的蓝色，却发现一碰到她就瞬间苍白；红色的土地不停地供热，却不能传递给她的身躯。

她静静地看着这里，看了很久，好像要等待什么降临。

她看着树，眼里充满了困惑和痛苦。那不是她原本的眼睛。是什么让她和这里都变得脆弱不堪了？

她看着天，面无表情地看着它变得斑斑驳驳的蓝色，然后看看地，看看它露出的干涸的龟纹。

她说：“我要死了。”

在这里，鲜红色的土地上，她想说，纯真和脆弱不是谁的错，只是选错了时间，选错了生长的方向。有什么将她内心的那些狂野和自由轻轻抚平，将她不顾一切的幸福悄悄拿去。也许她原本是能活下来的，可是她不愿意。

没有树、蓝天和土地的世界，只有冰冷的眼睛所看到的一切狰狞，最为真实。

她将石板立在最大的一棵树下，用手掘开红色的土地，然后自己躺了进去。她的脸开始显出不一样的苍白，五官开始模糊，四肢微微发出异样的臭味。有几次她动了动，好像在挣扎，可是没有谁帮助她爬出来。金色的树没有幻想可食，已经濒临死亡了；天空开始迅速退色；从未见过的白光刺伤了土地的眼睛。

在这里，鲜红色的土地上，只为她生存的秘密世界，开始陷入崩塌。

石板上写满了字，是她给自己的墓志铭……

在这里，鲜红色的土地上，天空是最浓郁的蓝色，金色的大树满山遍野地自由生长，幻想是它们永远的食物。安息在这里的，没有气息的躯壳，她用她狂野的梦和浪漫，喂养起这片需要生命力的奇异的土地。然而失去生命之后，她选择躺在这里，躺在大树的旁边，等待最后一丝身躯的柔软被拿去，被盘桓的根吸干。

在这里，鲜红色的土地上，金色的树还不知道自己将面临枯死的命运。它盲目地寻找着可食的芬芳，却只找到她腐烂的身躯，静静地埋葬在根下。蓝的天空不知道自己将崩塌。红色的土地，只有红色的土地，明白自己也要干涸了。这个狭小的世界，就这么慢慢走向可怕的死亡。

取代它们的，将是从那腐烂的身躯上生长出的，没有气味、没有颜色的芽。

2010.12

关于 Something about William

Ten past two, I opened my eyes from a light sleep. The silence and temporary dream had been forgotten, but only one sentence left in my head, liked the dust in the air permeating my ear, taking the train in the blood to somewhere: "He asked me for a piece of bubble gum, or a popping candy, unfortunately I had only a chewing gum."

凌晨两点十分，从半梦半醒中睁开眼，已然忘了刚才那个无声的、短暂的梦，但脑子里牢牢记得一段话，像从空气的微尘中渗透进我的耳膜，搭乘毛细血管向某个方向蠕动着:

“他向我要一块泡泡糖，或一块跳跳糖，但我只有口香糖。”

2010. 10

小张

她说，她是一张被废弃不要的画纸上的小人 Insignificance 水笔 / 20cm × 14cm / 2010.5.12

She said that she was an insignificant girl on a piece of tossed paper.

心の妖怪 Monster Inside 水笔 / 20cm × 14cm / 2010.4.29

Every little boy has a monster inside, and raises it until death.

NOTE BOOK
DAISY
MARC JACOBS
ABCDEFG
PUSH
CASIO
staples

一个人的世界 My Own World 水笔 / 20cm × 14cm / 2010.3.21-22

很多时候我都在想，
我到底是什么。
没有发光点，
如此平庸地生存着。
就像画的画没有欣赏价值，
写的字没有人认同。
我想知道自己还有哪里可以被人爱。
用无印良品贵得要死的彩铅画毫无意义的画时，
突然想起一句话：
我们活着，
是为了等待死后的幸福。

We are alive while waiting for the happiness after death.

小张　以最快的速度画满这张纸 Fill the Blank As Fast As You Can　水笔 / 20cm × 14cm / 2010.3.24

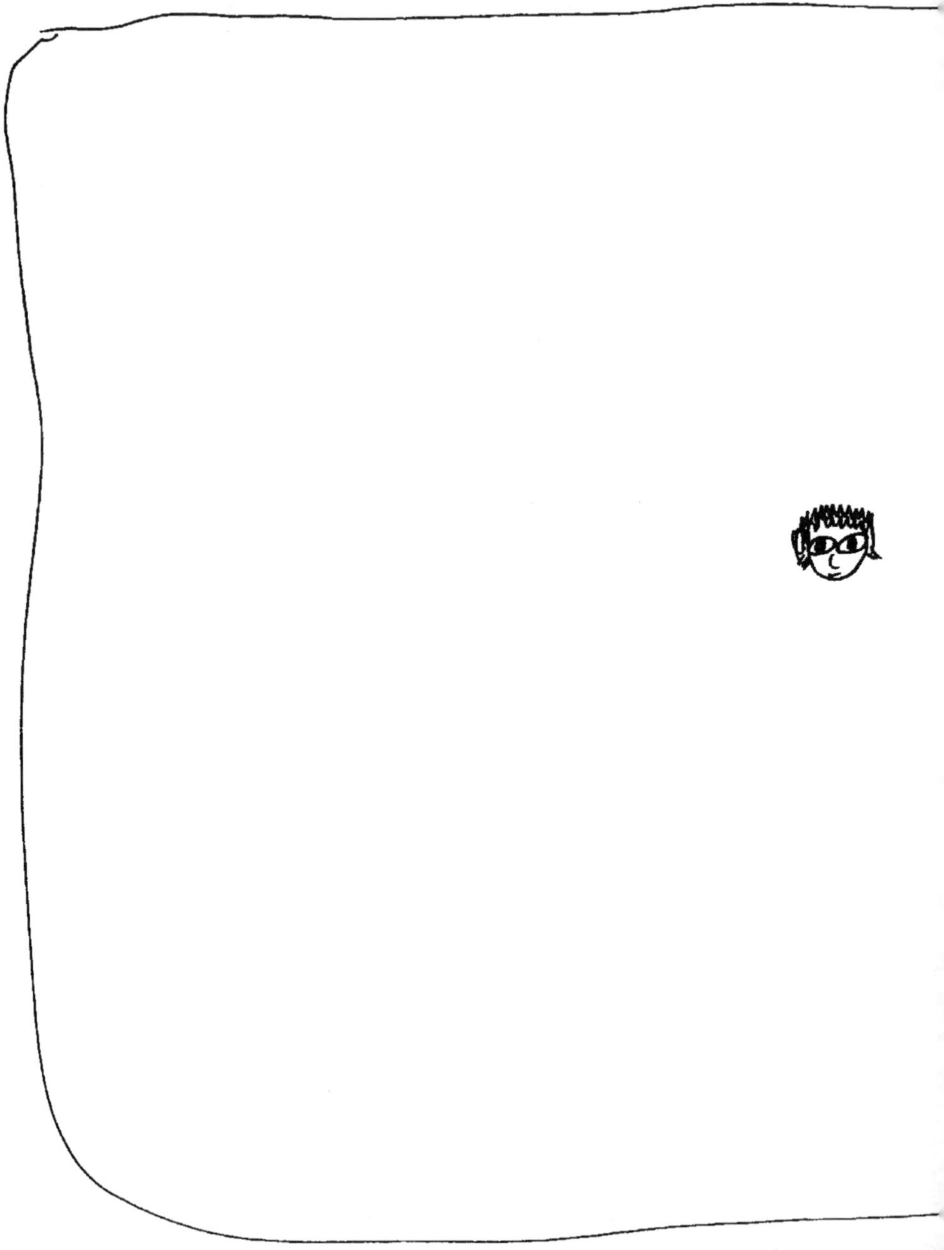

(0:13'47")

瓶中信 Message in a Bottle 水笔 / 14cm × 20cm / 2010.4.20

当我面对画纸的
时候
我感到大脑的
空乏和无知

There were many times
I felt blank and dazed
When I faced the blank drawing board

天鹅 Swan 水笔 / 19.5cm × 27cm / 2010.4

My romance starts when the light and the shadow are overlapped

Your eyes are on my cheeks
My posture is as scarlet as your blood

Only me
On the ice
Dancing
Revolving...

Like a swan in the forest
Hopefully
This dance will never end
Like the brights

祥

晴天娃娃　Teru Teru Bozu (Sunny-day Dolls) ♡　水笔 / 20cm × 14cm / 2010.5.25（左）
回家　Home　水笔 / 20cm × 14cm / 2010.5.28（右）

黄昏下的牧羊犬
像垂死一样喘吠着
那拖着长长尾巴的夕阳
残忍地扼死田野的伤痛
牧羊人要回家了
离开充满野性的自然
回到炊烟袅袅
宁静寂寥的村落

农妇，山泉，有点田 Ideal Life 铅笔 / 20cm × 14cm / 2010.4.20

XIAOZHANG 小张

早上 MORNING

XIAO ZHANG

暑假　小情诗　谁吻了我　你在我身边　日本文学:一场孤单而快乐的旅行

暑假 The Summer Holiday

I will put on my suits when they call me to fight for the future again.

暑假已经过去一多半，才想起来这个暑假，我几乎没写没画什么。除了写了篇影评、用丙烯画了个小板凳。对于一般人来说，暑假意味着没有作业没有学习压力，正是培养个人兴趣的好时机，比如参加一个绘画班，两个月下来也有了一定的成果。但当我优哉游哉地喝着酸奶、吹着空调、听着窗外悦耳的蝉鸣，摊开空白的画本想画点什么时，才发觉脑子里比画纸还空白。没有所谓的灵感和激情，我全身的细胞仿佛都在郑州三十六摄氏度的酷热中变得懒懒散散了。我不禁回忆起准备中考的那些日子里，我躲在一摞又一摞习题册后面画画的快乐；我在班主任的课上一边摆出认真听课的微笑一边在桌斗里涂鸦的刺激；寝室熄灯后的十点半，我坐在桌子上躲避老师的巡查，就着微弱的手电筒光用丙烯画牛仔裤的窃喜……我是一个没有压力就没有动力的半吊子画手。喝完第三袋酸奶后，我决定收起画本，不要用勉强的创作侮辱我小画家的美誉。

二〇一〇年，我过了有史以来最惬意的一个暑假：没有剥削没有压迫。每天九点半起床，早餐自制三明治，饭后翻翻闲书、背背单词，没事儿扭几下呼啦圈，中午帮着妈妈做饭，下午上网拼几盘“三国杀”，到“迅雷看看”寻找外语电影，更新QQ空间、和朋友视频聊天，晚上看看娱乐电视，十点多熄灯睡觉；有空儿再约同学出去看电影、K歌、逛街……当然，不是每个人都像我一样过着梦想中的宅女生活。约好去看电影但总有人去补习班，K歌正酣总有人中途退场见家教。想起老师语重心长的教诲：“好学生在暑假也不要放松，要抓紧一切时间学习。”我很严肃地点点头，只可惜，我不是好学生。

暑假唯一一次远行是回妈妈的老家。初中整整三年没回去了，我很想很想河北徐水的每个亲戚。这次回去待了一个星期。唉，果然还是回老家好，除了自己家哪儿也没在老家这么舒服。当同学们跑到上海世博会享受着排长队中酷暑的滋味时，我正躺在大舅家的沙发上吞吃绿茶冰淇淋；当同学们在新东方疯狂学习、在陈中数理化补习班含泪苦读时，我正和恬恬姐在电脑前攻克“植物大战僵尸”……三年的时间可以改变许多——改变朋友的数量，改变老师的容颜，改变情人的心，但不会改变的是亲人的爱。回到徐水，我不需要再做学校里那个我，只要做真实的自己就行了。庆幸的是，大家庭中的每个人都没有变，还是那么亲密无间，把我当成宝贝呵护。妈妈在这里出生、长大，直到二十五岁才离开。她对老家徐水的感情无形中传染了我，小时候几乎每年都要回来。老家徐水成为我现在为数不多的能够保存情感的地方。虽然我最喜欢的老房子扒了，但生活仍在继续，新楼正在拔地而起；读大三的龙龙哥开始到建筑工地实习；恬恬姐准备参加国际注册会计师的考试；小时候又胖又壮的萌萌，个子蹿到一米七〇，即将成为初中生；精灵一样的笑笑妹还是喜欢黏着我，像我的影子……

我也在长大——或长胖。我只希望能够暂时忘却九月份即将开始的另一场全新的战役。至少这个暑假，让我躺在床上享受一下生活的慢节奏，权当是养精蓄锐。直到他们呼唤我加入战斗，我就会再次戴上假面具，像个骑士一样冲进未知的前方。

2010.8

小情诗 The Love Poem

I was sleeping in a sleepy class
Wanting to write you a romantic poem
Using the fancy flourishes I have just learned
And some romantic parables you have never heard

I held a broken pen
Wanting to write you a romantic poem
With my ugly handwriting
Filling the paper from my tiny notebooks

I had no talents
Or MaLiang's magical pen to create flowers
I had only a heart of abrupt fantasies
At this moment wanting to write you a love poem

我趴在昏昏欲睡的教室
想为你写一首情诗
用刚学会的华丽辞藻
和浪漫温柔的绝妙比喻

我握着一支摔掉了走珠的水笔
想为你写一首情诗
用歪歪扭扭的丑字
填满眼前小小的作业纸

我没有横溢的才华
也没有妙笔能够生花
我只有一颗突发奇想的心

想在此时此刻为你写一首情诗

2010.10

谁吻了我

Memories of a Teenage Amnesiac

Who kissed me in my early memories?
Who was my love?
Who said that our time would be gone
and be forgotten one day,in this big,
big world...

看这部电影已是一个月前的事了。我本不想写影评的。因为我是个不会对喜欢的电影评头论足的观众，生怕我支离破碎的语言破坏了电影的美。但期中考试将至，我被繁重的复习搞得焦头烂额、欲哭无泪，正当我在语文课上昏昏欲睡时，脑海中猛地就想到了这部电影。

“谁吻了我”，一个简单又精致的问句，开启了一段属于青春、属于迷失的故事，一段只有你我才懂的动人故事。

这部电影在互联网上的评分奇低，几乎成为松山研一作品表中的垫底。而在主演崛北真希的搜索结果中也没有十分重要的位置。这部号称“好莱坞制作”的日本电影也许宣传得太过花哨，以至于当观众终于发现它只是一部半洋半土的青春电影时，纷纷忍不住向其开炮。我也许应该庆幸，自己没有被网上整页整页的恶评吓退，放弃坐在电脑前两个小时，冻得手脚发麻地看完它。实际上从我开始与它交流的第一秒起，我就知道它将成为我的最爱之一——这是我第一部没有按下快进键的电影。

影片讲述了一个在东京国际学校上学的日本女孩直美，失忆后与三个同校男孩子发生的故事。作为影片的女主角，挑大梁的崛北真希并没有让我失望——实际上她也没有带给我惊喜。她还是带着几近透明的婴儿肌，梳着黑短发，瞪着一双灯泡大的眼睛做着本色表演。作为三个帅哥中间的那朵花，她是清新而优雅的。选择崛北真希显示了导演的明智，户田惠梨香太媚，荣苍奈奈太熟，长泽雅美太老，井上真央太可爱。崛北的气质夹着一点中性，干净得如池底汩汩的泉水。她的勇敢、坚强和执著让直美这个女孩的形象丰满动人，也让一个原本可能落入俗套的失忆故事变得鲜活动人。她不需要太多复杂的表演，这部电影需要的是她的美好、她的形象，还有她大大的眼睛里透出的那份纯真的倔犟。而她很认真地去演直美，从第一秒到最后一秒。

影片的女主角直美是个有点纠结的女孩：她有外国男友艾斯，但在和学长未来一起参加社团活动的过程中，又渐渐倾心于他；跌下台阶导致选择性失忆后，她又喜欢上了神秘的学长佑司……直美的感情就是电影的主线，而她的勇敢和懦弱、坚定和动摇、快乐和心碎，不断地随着爱情的发展而转移变幻，展露出了少女独有的复杂又纯真的内心。在我看来直美十分贴近现实，相信银幕下的女孩们大都能在她身上找到共鸣。在偌大的校园里我们总是会发生一些令人心跳加速的故事，还有和父母强烈的羁绊以及对未来的思考……直美就是每一个憧憬着恋爱和长大的我们，而她并不是绝对美好和无辜的，她也会为了感情伤害朋友，有时自私，也有时偏激。这样反而让我们觉得她更加真实，也使故事更加新颖别致，不再是纯粹的俊男美女相恋的大傻片。

松山研一在这部电影里严格来讲应该不算男一号，虽然他扮演的佑司是女主角的最爱，但最深也是最痛的感情往往最后沦为青春里惊艳而短暂的火花，熄灭后只留下灰烬。又见研一演神经病男，不禁感慨他演过一个正常人么？还好这一次他保留了自己过分帅气的形象，一头油亮的中发，一双忧郁迷人的眼睛，开口仍是他独特的略带神经质的腔调。再次感慨这真是一部让演员们都轻松上阵的电影，它让真希演了清纯少女，让研一演忧郁美男，还让手越佑也再度“老好人”上身。但这一次研一的变身不再那么悲情、残酷或血腥，他面对的仍是灰色的、极度压抑的精神世界，但他的任务不是拯救被夜神月扭曲的正义，也不是去唱重金属死亡朋克，他所要做的只是走出哥哥死亡的阴影，在女主角忘情投入的爱情中，找回现实社会中的自己。

研一的角色佑司注定是一个要被人爱上的、性格孤僻、行走在人群之外、精神不正常又帅气莫名的高个子型男。他把女主角送上救护车，明明知道她不认识自己，还是笑着说他很想亲吻她，而这就是他救她、与她说话的原因。毫无逻辑的浪漫，总容易让人陷入情网，而当她认定你的好时，爱情便忽略了朋友、家人、病情、现实……开始了。越是绝望地挣扎，越是狂野地相爱，仿佛这就是人生的一切。而最后，享受起正常恋爱的女主角直美才慢慢明白，佑司和自己并不在一个世界。她恢复记忆之后仍然爱他，他却只爱着她的空白和大胆的重塑自我。作为一个被过去封在墓碑里的人，他渴求的是一张白纸，好让他无情地淹没；而她拾起过去，回到“自己”时，纸张已经承受不住太多的油彩，它在往下渗透，消失，一滴一滴，是她的眼泪。而他终归又重锁心门，驶向另一个阳光明媚的地方，对他来说，与她的一个吻，一生足够。因为他知道自己穿孔的心，堵不住奔流的爱情。

这就是青春的特别，它是如此自私，却张扬着美丽的色彩，背叛也好，伤害也好，因为年轻，一切都可以被原谅，重新笑着出发。

而电影中直美的真爱，也是影片名“谁吻了我”的正确答案——手越佑也扮演的帅哥未来，则不同于尖锐的佑司，走了最强治愈系（指治愈人心的温暖正面角色）。他就是青春爱情故事中那个默默守护着女主角的温柔学长，为了摄影社的工作奔忙，为了失忆前和失忆后的直美付出真情。电影试图告诉我们，当直美和佑司轰轰烈烈的爱情繁花落尽之后，留下的会是我们对未来的执著和守护。最终，直美微笑着和未来走在了一起。这个大男孩给不了直美强烈的心动和疯狂的迷恋，但却能给她一份难能的心安。

如果说不顾一切的感情是青春的标志，那么平淡怡人的相恋正是我们走向成长的结果。放下了太多尖锐的东西，纵使直美和佑司的相恋有多少令人动容的浪漫情节，这份无人承担得起的深爱最终还是通不过考验。

我们能怪直美的选择吗？看过太多太多令人心碎的青春故事，我们都懂得选择佑司带来的结果只能是痛苦。她为了他逃课、出走、受伤，受尽了精神和身体的双重折磨。虽说伤得越深爱得越深，但终归得有人为此付出代价。但我们谁都不想去承担这个责任，因为我们都不认为自己有错。然而这份痛苦的宿命最终被推脱给了时间去冲淡。相信现实生活中，面对同样的选择时，女孩们大多会选择未来那样安慰的依靠吧。

值得吐槽的也就是手越佑也的演技。J家（日本著名美少年明星事务所杰尼斯，或称尊尼）出身的他卖萌无敌却演技欠缺，pose和表情都稍显造作。不过好在形象很清新，未来学长的造型也十分帅气。我想导演选择手越佑也，主要就是为了提升影片的靓眼度和增加fans吧。他和堀北一样，算是顺利完成了他们在电影中的任务。

和未来牵手走过的校园台阶，比和佑司漫步的黄昏海边更美；一份陪伴，最终胜过了由爱生恨的伤害，得以走向了结局。

最后一个主角艾斯，是本片中唯一一个金发碧眼的傻小伙子。网球社、猴子和女朋友直美就是他最鲜明的代名词。他出入直美家的方式是钻窗户，一烦躁就会大声说话，对于失忆后直美的转变特别敏感，认为她“以前不是那样的女孩”……艾斯的出现让电影的色彩更加活泼丰富了。我最喜欢的就是他和直美在舞会后的一场对手戏，他和直美争吵后拿出一打Durex问她：“我们分手了……那我是不是没机会和你上床了？”直美回答：“Yes.”他翻着白眼，嘴里“噗噗”着直面倒向床……真的非常可爱。我想直美失忆前，艾斯一定很喜欢她吧，据他回忆还是直美突然先告白的，然而直美还是渐渐地喜欢上了未来，也因此导致了事故从而失去记忆。

艾斯在影片后半段消失无踪，代表了这段青涩感情的结束。直美的回忆里有他，但只留下了一个欢快的背影，虽然她深刻的爱情纠葛与他无关，但他也是青春的一个印记，幸运地被保存在直美的心底。

这是一部精彩的电影，充满了动人的生活细节和节奏流畅的叙事，结合了日本电影的细腻温柔和美国片的轻快绚丽。在当今世界多元文化的不断碰撞中，能诞生这样一部融合各种文化特色的电影，而且集各家之长，没有让它像那些打着和好莱坞合作的名号变成了大烂片的电影一样被观众遗忘，让我感到欢欣。

当然，这也是一部从青少年的视角出发的电影，很多情节和台词，不是我们这个年龄阶段的观众怕是不能够深深体会的。对于家长们来说，《谁吻了我》还是显得太新潮、叛逆、夸张了些，殊不知我们的感情生活早就和他们那个年代发生了质的变化。一些追求白烂言情的年轻人也会耐不下性子去观看《谁吻了我》，总觉得它没《暮光之城》狗血，也没《绯闻女孩》刺激，更没《恋空》纯爱催泪。

但我相信在茫茫人海中总会有懂这部电影的人，会挑选一个安静的晚上，窝在沙发里看完这部电影，自言自语地评价一句“真好看”，然后给情人发一条短信道个晚安，接着钻进被窝里，像我一样，在入睡前静静回味起佑司和直美绵长而感人的吻戏、大家毕业时分发相册的热闹、直美爸爸开车时的转头一笑，最后安然入眠，进入梦乡，进入那个没有电影的世界里去……

2010.12

你在我身边 You Are with Me

However I didn't dare to open eyes to see the real world, as I would realize that you have never happened to be by my side.

我能感觉得到你就在我身边，连一呼一吸都让人如此难忘。我闭紧混沌的双眼不让一束微光钻进来，任整个嘈杂的世界在无边的黑夜里沉淀，沉淀出一些因血管的跳动、压迫而绽放的幽暗之花。它们是无法捕捉的短暂。

接着连花朵也没有了。我的全身竖起细细密密的汗毛，每一根都像柔弱无腰的水草一样飘逸，上面附满了圆圆的吸盘，像乌贼一样疯狂捕获着空气中任何一颗属于你的微粒。

我感觉得到你静静地站在我的身旁，用那双满含铁砂的柔软的眼睛拥抱住我的背影。你的眼瞳晶莹得几乎映衬出我的颤动，不知道你是否已聪明地看穿我的装睡，只是为了感受你沉默的呼吸节奏。

你暖粉色的目光在我头顶上可爱的发旋儿那里笑着做了几次停留，接着你带领它溜进我起伏的脖颈——白皙纤弱，像一段雕梁玉柱。你在每一颗凸起的小毛孔上跳舞，眼神在不断的跳跃中变得眩晕而陶醉。而我虽然僵硬着，呼吸也毫无波动，但内心早已掀起了一场骇人的海啸，海浪一波接着一波，嘶哑尖叫着，狠狠撞击在你落目过的每一个地方，烧灼出一片火辣的滚烫来。

被你注视着的幸福感如此庞大，它飞快地在全身奔流，最终尽数会聚在我凹陷的眼窝，如一汪沸腾的湖。

连我的脊背都笑了，笑得那么尽情。我知道，你从我身边小心翼翼地经过，你伸着头打量我拘谨的睡颜，你撑着悬空的手臂，在我蜷缩的身影上方为我打造了一个保护圈。

而我在你的无微不至中紧闭双眼，跌进了爱情中。

我是那么那么幸福和满足，以至于我无法睁开眼睛。

因为我知道一旦睁眼，就会明白你其实从未出现。

2010.11

日本文学：一场孤单而快乐的旅行

The Lonely Trip to Japanese Literature

I know that nobody in my age can understand me.
However I do not care.
I fell in love with Japanese literature and the loneliness will disappear.

朋友在QQ上向我要一份推荐书单，说是最近要寻觅新“食粮”了。我将自己仔细考虑、慎重挑选了半天的书单发过去，他看后忍不住抱怨：“怎么又是一堆什么什么子啊、什么什么树啊，你对日本文学这么痴迷吗？”的确，在这张长长的书单中，我只向他推荐了两部中文小说：《西决》和《1988：我想和这个世界谈谈》。对日本文学，我倒还算不上“痴迷”。“痴迷”指的是对于某个自己熟悉的事物来讲的，对于日本文学，我可没有厚脸皮去讲我对它了解有多少，顶多算是喜爱吧。

记得自己阅读的第一本日本小说，便是荣获诺贝尔文学奖的《雪国》，定价五角八分，不到二百页，一九八二年出版的一本薄薄的小册子；封面印着一个日本歌伎，正如书中所细致描绘的那样，有着并不丰满但白皙的脖颈和“宛然像美丽的水蛭子轮箍滑溜溜地伸缩着”的嘴唇；作者是川端康成。第一次读完《雪国》并没有太大感动，只是觉得日本人的写作方式与中国人相差太大了，但又说不上具体差别在哪里。《雪国》像一抹清凉的粉色的雪，温柔地覆盖在我的心上。待时间飞逝，结了冰凌，才又想起这本纸薄又字小的书。回味起来的《雪国》比初读时又多了几分动人的姿色，于是，我满怀热情地重读了一遍。这一遍读得细致又入情，甚至对有些不理解的地方又反复揣摩。

川端康成是日本文坛的巨匠，以他的重要作品作为我接触日本文学的敲门砖，无疑是十分完美的。我从此对日本文学产生了极大兴趣。原本只塞满了小妮子和简·奥斯丁的书架，从此又添了许多日本小说。它们刚开始被放置在书架的角落，但谁知后来规模越来越大，大有喧宾夺主之势。今年暑假我干脆趁着整理书架之机，为它们特意开辟了一层：岩井俊二的作品集站立在最左边；中间是牛逼烘烘的东野圭吾摆足了架势；右边还有不输阵的川端康成、石田衣良、柳美里、村上春树和梦枕獏……

喜欢日本文学，在我十五岁的小世界里，无奈竟是十分孤独的。同龄人大多还未从饶雪漫的“疼痛青春”中找到自我；有些新潮的同学一期不落在买《最小说》，提起日本大概也只会说“哦，那是落落喜欢的地方”；喜欢韩寒的不屑日本；喜欢欧美的带着不经意的高傲，优雅地拒绝另一种文化的熏陶；喜欢日本漫画的同学又和日本文学离得太远。我在朋友眼中永远不是一个称职的荐书人，因此我也很少有机会与他人交流我的真实看法。我只能把我的热情倾注给薄薄的纸张。

经常有同学问我，日本人的作品到底哪里好？这是个很严肃、也很难回答的问题，我不是译者也不是学者，作为读者，我只能告诉他们一些我对日本文学的浅显看法，期待着有朝一日能够找到知音。

我对“日本文学”的定义是相当模糊和暧昧的。无流派之分也无新旧之差，但凡在一部日本小说里，我都能找到精彩可读之处。我对日本文学的喜爱无关乎个别作家的作品，但有关这个民族写作的特性。众所周知，日本是一个饱受争议的国家，大和是个优劣难评的民族，这个建立在战败之耻上的现代国家，从他们记载自己的历史起，血液里就流淌着一种谦卑。日本人的生活忙碌而拘谨，始终不曾逾越一道看不见的屏障。这道围住他们一生的屏障，也决定了日本作家的写作也是无法跳出某种境界的。

川端康成也好，东野圭吾也好，北川悦吏子也好，我喜欢他们写作时的一种小心翼翼的态度。他们对待文字的心理好似流淌在字里行间，透过薄薄的纸张，你能感受到这个民族的鲜明特性：礼貌，隐忍，稍带着点细腻的浪漫。在很多优秀的日本作品中，每一个作家对笔下的角色都是负责任的。任何一个小细节都贴合着一本书的主题，任何一个场景都认真描写到淋漓尽致，并且抹去不相干、容易让读者迷惑的部分，呈现出作者最想表达的干净、纯粹的东西。而这种东西又不是赤裸裸地直接印在书上，它通常巧妙地隐藏于一段美妙的风景描画之中，一段引人深思的议论之中。这是日本人写作的又一个特点。

他们的文字是那么含蓄，有时显得太过温情脉脉，连那些堆砌着血腥残忍词句的场面描写也总给我一种爱的感觉。东野圭吾的《白夜行》是一本绝佳的推理小说，堪称最残忍的描写人性的作品，但读罢，我心里的犯堵和难受不像用刀尖轻快地刺你一下便过，而是如钢丝紧勒着你的心脏，时间越久感触越深。读一部优秀的日本小说，其感觉并不是畅快淋漓的，而更像品一道茶，工序繁琐，过程曲折，但回味悠长，且能给予心灵的安抚。即使作家涌动着激烈的情感，但表现在文字中也始终带着一丝理智的钳制。这种默默的钳制提醒着读者随着书思考而不是跟着迷失。纵然用张扬激狂的文字写作也是一种方式，我并不反感，但实际上这类作品中鲜有佳作，多数都沦为愤青的唾沫乱飞横加指责带有脏字的长篇废话了。看累了这类没营养的粗劣品，再回头拾起一本《阴阳师》或《天使之卵》，体会一下安静的阅读，享受阳光的轻松畅快，那种感觉会令人上瘾的。

日本有一个词叫“治愈系”，指对人的心灵有净化、安慰作用的“有爱”的东西。对于我来说，也许日本文学就是治愈系的。日本是一个很特别的国家，既保守又现代，社会现状也更为复杂，尤其是青少年一代，同样面临着人生的迷茫、困惑，甚至堕落。但日本作家面对这类社会问题的态度是直面的、坦荡的，同时带着拯救的希望，去描写那些校园暴力、色情交易以及同性恋。他们并不避讳，而是真实地反映在作品中，带给读者深入的思考。我只有在日本文学中才能读到各色迥异的人对待性的态度与思考。也许有人认为这是“黄色”，是不健康的。可是真正想想，我们从小未曾受到这方面的正经教育，顶多女生在生物课本上看见图片会脸红，男生偷偷丈量女生裙子的长短，性知识的学习被认为是恶心的、不齿的，但学校和家长这样做的结果，只能造成青春期的少男少女半夜偷偷浏览黄色网站，酿成更坏更糟的结果。很难说这到底该怪谁。

我喜欢日本作家对待人生的态度，他们非常勇敢地面对理想、失败、欲望和爱，并把它们真实地写进书中。

若要我列出几个喜爱的日本作家并不难，我的口味较杂：有川端康成、村上春树这样知名度高的大家；有石田衣良这样的畅销书作者；也有梦枕貘这种怪才；东野圭吾也是我的大爱。我在中国从未看过比东野圭吾的推理小说更精彩的作品。读东野圭吾上瘾的时候，我一口气买了五六本堆在床头，看到凌晨两点多。后来我给几个同学推荐东野圭吾，他们也都着了迷。好的作品说到底还是无国界的，虽然是外国文学，翻译的原汁原味程度、翻译的选择性等都极大地限制了我对日本文学有更深入、更透彻的了解，但是我仍然乐于阅读他们的作品，从中欣赏着、收获着、思考着。

现在中国翻译的日本文学作品实在是太少了。走进图书大厦，东野圭吾的书一摞又一摞地摆在畅销展台上，已经是能见到的最好局面了。很多作品都要去网上搜，况且很多还搜不到。翻译过来的日本书籍，大多还是以推理小说和轻小说（以年轻读者为主要读者群，带有漫画风格的娱乐性文学作品，写作手法随意，阅读轻松）为主。轻小说中除了小野不由美的《十二国记》值得一看（况且人家小野还认为自己是写史的），其余的都是动漫文化的产物；推理小说中东野圭吾的霸主地位难撼，石田衣良打着擦边球（他也许是写青春文学的）。其他孤独无助的日本作品常被淹死在《暮光之城》和《山楂树之恋》等畅销书籍之中，渐渐地蒙上了尘土。

村上春树的《1Q84》引进再度掀起了属于他的阅读风暴，可惜村上已经不是当年写《挪威的森林》的村上了；石田衣良的小说系列《池袋西口公园》仍在连载，但眼看也江郎才尽……不禁一声长叹，回首拾起我的《雪国》再次品读，感受着日本文学带给我的温度，继续我孤单而快乐的文学旅行。

2010.8

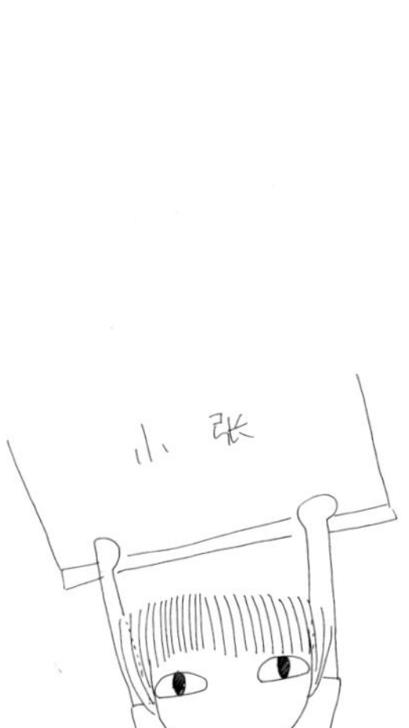
小张

谈恋爱1 Love Love Love 水笔 / 20cm × 14cm / 2010.3.23

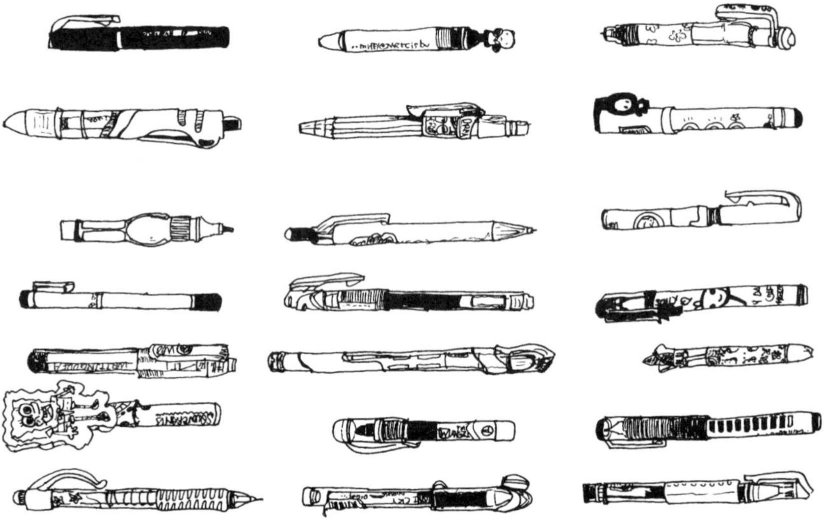

谈恋爱2 Love Love Love 水笔 / 20cm × 14cm / 2010.3.23

9:21
HOOPS

谈恋爱4 Love Love Love 水笔 / 20cm × 14cm / 2010.3.24

《谈恋爱》系列是我在学校里画的。我收集了（或抢了）同学的文具，随意摆放，画下来。

为什么要叫“谈恋爱”？因为我觉得恋爱就像日常用品一样有很多种类。有的大胆鲜艳，有的质朴守旧。观察物品的主人也是很有趣的事。一般物品和主人的调调是很接近的。我想他们的恋爱也一定有所不同。

把东西放在面前一笔一笔画下来，心里觉得很安静。画的时候也会因为没画好而闷闷。我有点牙痛。

我喜欢下次挑战不同的主题。

我想画一个俗烂又煽情的爱情故事 I Want to Draw a Common Love Story 水笔 / 20cm × 14cm / 2010.4.28

《我的男人们》是我的回忆录。
有些人的长相已经不记得了。
里面头发最卷的那个是SUG的武留。我迷恋他那个发型。
我的抑郁弟弟&GAY弟也在里面。
男人太多了，没有画全。
他们都是很可爱的人。
以上。

These are all the cute boys who once appeared in my life.

相片 The Photo 铅笔 / 20cm × 14cm / 2010.4.26

You once said, "There is nothing more precious than a photo."

 向阳，火车前行着，熟睡的你，安详的我 You，Me，and the Dusk 水笔 / 20cm × 14cm / 2010.4.22

We were running to the sun, on the train.
You can sleep with ease, because I will protect you.

买戒指 The Ring 水笔 / 20cm × 14cm / 2010.12.8（上）
恋爱感冒药 Love Medicine 水笔 / 20cm × 14cm / 2010.8.26（下）

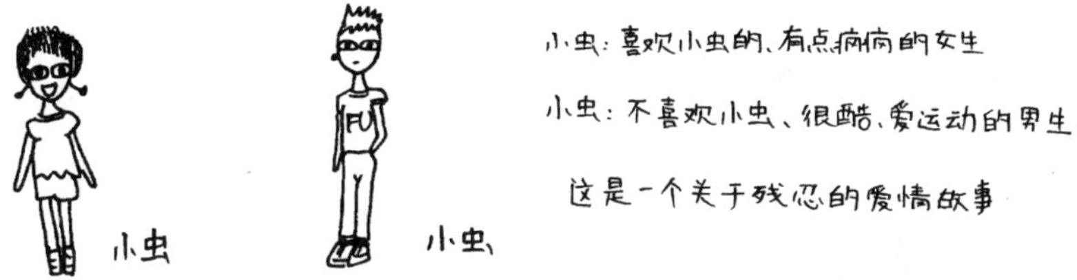

Little C is a girl.
Little C is a boy.
The girl Little C loves the boy Little C.
However this is a love story about cruelness.

小虫2 Little C 水笔 / 14cm × 20cm / 2010.4

小虫3 Little C 水笔 / 14cm × 20cm / 2010.4

小虫4 Little C 水笔 / 14cm × 20cm / 2010.4

⑪
小虫！
⑫
小虫！
狩猎区
⑬
小虫！
⑭
小虫！

小虫6 Little C 水笔 / 14cm × 20cm / 2010.4

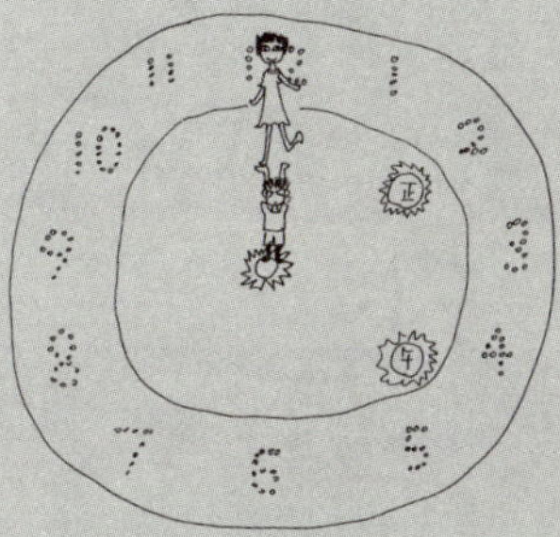

XIAOZHANG 小张

正午 NOON

暗痴　我的海洛因　如果

《Bandage》，我们的电影　寻找

郑州中学

暗痴
Crazy in Love

I can't say whether my unrequited love was my own performance, with no audience.
Because the person I loved seemed to be far away from this play.
He lived in the castle built by my fire, and he was smiling peacefully.
His side face was still charming silver-grey.

暗痴比暗恋更无望，更自私。它也许无关高贵的爱情，只是莫名间涌上心头的一份悸动，在短暂的时间内支配跳跃的、膨胀的心室，退却后留下一枚隐形炸弹，发出浓浓的硝烟香味，令人丧失理性。

暗痴无关责任，无关未来。它不计成本也不要求报酬。我赤身裸体地向前冲着，心里因这份隐秘的刺激而兴奋得战栗。情人的形象就在战栗的眼膜中闪闪发光，变得愈发完美。即使偶尔发现致命的缺点，也只能沦为暗痴中更忧伤、更现实的符号，沦为更深情、更矛盾的狂热的理由。我手捧着自己的心，自虐般地孤立在冰雪风霜中，哪怕没有观众。

暗痴让我变得自卑和盲目。我沉浸在一种混杂着喜悦、满足与饥渴的情绪中，包裹着我的衣服仿佛透明的蝉翼，纱纹下显露出我的原形，扭动着，到处流着泪水，嘴里喃喃念着祷告词。我并不为自卑而感到自卑，相反我以此为傲。

很难说暗痴是不是我个人的纵情表演，因我痴的对象，似乎始终与这场精彩绝伦的戏剧无关。他活在我目光里的火种堆砌而成的城堡中，神色平静祥和，侧脸依然是迷人的银褐色。他仿佛不知道我为他戴上了枷锁，依然自由自在地行走着，赤足奔跑着，在行经的土地上留下深色的烫伤。

我守着我的暗痴，像张牙舞爪的小象守着证明自己丑角身份的花皮球。但小象并不觉得羞愧，它温柔地注视着那乖顺的、圆溜溜的小伙伴，用粗糙的长鼻子卷起它，独自陶醉在幸福中……

2010.11

我的海洛因
My Heroin

The trian in my brain wants to run to you
It is leaving for your love
You are my own kind of drugs
driving me crazy...
My heroin
My hero

深深吸一口，再轻轻吐气，寻找到离开心脏的温度。

他不带掩饰的灿烂笑容，他光滑的、骨节错落的右手。冲动支配着我仔细观察他的指甲,苍白的、修长的、诡异的长指甲，骄傲地微微上翘着，如同它骄傲的主人。

我贪婪地吸着他呼出的每一口浊气，无时无刻不想在他的身边零距离地、放肆地将他占有，吞进肚里。我心中毛茸茸的野兽嘶吼着，提醒我得更加愚蠢、更加虚荣，才配得上我满溢的欲望。我的双眼在游移，向着他银褐色的皮肤的方向，一秒，两秒，三秒……

深深吸一口，再缓缓吐气，幻想我们在阳光和煦的草坪上拥抱。

嫉妒使我发疯。

我嫉妒他黑色手柄的伞、金属边框的眼镜、他趴过的书桌……

在他身下被压得吱呀作响的湖蓝色靠背椅，像在发出无比满足的呻吟。

我嫉妒我身边的灰尘、微粒，它们为何如此自由不羁？一阵轻风经过，就能让它们轻易踏上奔向他的旅途。而我——呆滞、蠢笨又臃肿的我，却只能生根般地坐在同样的湖蓝色靠背椅上，咬着牙，试着停止脑海里狂冲的火车。

——火车就要出站了。

我的海洛因，这是我的海洛因。他散发出甜腻的诱人香气，我的海洛因。

苍白修长的指甲，银褐色的脸庞，瘦削的下巴和身下椅子的吱呀作响，它们一起构造出梦境般的画面，我无法自拔地向下坠落……

越是靠近一厘米就越紧张刺激，鼻腔里干涩的黏膜扯起尖锐的疼痛。我在痛感中饥渴。

不属于我的海洛因，我伸出双手，向前伸长。

我的海洛因。

2010.9

如果 If

If you have never ever appeared in my life
With your brightest smile like the sharpest arrow
If you have never ever understood my heart
We should have been living
In two different worlds

如果你没有
出现在我的生命中
带着笑容
像举着不知伤痛的侵略的箭

如果你从来
就不曾明白我的心意
我们只是永远
分隔在两个不同的境地

如果你笑了
因为她给你的一次拥抱
而不是为了

因你颠覆魂魄的我

如果你瞪着眼生气
是为她对你的背叛
而不是为我无心的
一个脆弱的玩笑

如果你吻的
是一个牵着你的手
娇小可爱的女孩
而不是傻傻的我

如果你抬起蒙胧的双眼
向我索求一份卑微的温柔
我怎么能够
学会冷漠地开口拒绝

如果你终于还是说了
你无法离开无法离开你的我
我们配不配拥有
这样渺小的爱情

如果我像个疯子
冲垮所有你建筑起的堤坝
变成你跳动的心里
死去的痛

如果我们在暴风雨中
依然选择牵着手
看得见身后
是席卷而来的噩梦

如果我的害怕和担忧
在这漫长的想你的夜晚过去后
都变成了血淋淋的
让我窒息的现实

如果你消失在我的眼中
命运狰狞的笑带着胜利的骄傲
你离开我的生活
成为我的过去

如果我们一直走
一直走

却一直都走不到
我想去的那个小岛

我想问
如果这些都真的发生了
你会不会看着我说一句
我爱你　没有如果

2010. 11

《Bandage》，我们的电影

Bandage, Our Own Movie

The bandage is coming!
Are you ready for the storm of music?
Perhaps we will fall in this fight.
But who cares about the result?
Just run to tomorrow...

我们都是窝在地下室里，等待着被音符催熟命运的蚂蚁。一群又一群，互相争斗，互相唾弃，每个人都期望着自己能够比别人成功。

我们有鼓，有吉他，有贝斯，有俊美的主唱，有才华横溢的成员和尽心尽力的经纪人。然而不可否认的是别人也有这些。到底什么才是我们一直所追求的“特别”，我们到底和那些受欢迎的垃圾有什么不同，这种问题，从来没有去考虑，考虑也不会有结果。

在那个披头士、U2和叫不上名字的外国摇滚泛滥成灾的年代，我们只是几千支地下乐队中的一支。

然而明天是否还会存在，依然是个未知数。

《Bandage》，一部讲述年轻人的乐队的电影，一部全是青春偶像的电影，一部岩井俊二编剧、小林武史音乐、赤西仁主演的电影。

故事很简单也很复杂。由一群热情高涨、爱好音乐的年轻人组成的乐队LANDS，凭借着好听的原创歌曲和俊美的主唱夏而走红，每晚都在Club举行现场演出。平凡的高中女生麻子因为喜欢LANDS的朋友，偶然与LANDS的成员相逢。夏喜欢上了可爱的麻子，并且让麻子做了乐队的经纪人。然而他们的音乐之路并不顺风顺水，一连串的事件发生之后，麻子引咎辞职，从此和夏以及LANDS再无交集……

一个只有岩井俊二写的出来的青春故事。然而这个故事相比于同样着眼于音乐的《莉莉周》却完全不同。《莉莉周》充满了绝望和迷茫，《Bandage》却带来了温暖和希望。

乐队，是年轻人永远最关心的话题。在中国我们感受不到这种活泼浪漫的音乐气氛，在家长眼中，玩乐队的孩子几乎是智商有欠缺、上学不爱念书的叛逆者。然而在日本，乐队却很常见，几个有点天赋的朋友凑在一起，就能踏上一条音乐之路。

然而在这条路上能一路光明万丈直到成功的实在是太少了。LANDS就是一个在庞大的市场中苦苦挣扎的典型。LANDS有帅气的主唱夏，吸引着大量女性粉丝；还有神秘个性的幸也做乐队的有力后盾；美女有海锐气逼人而且才华惊人……可是这一切都不足以赢得那些操纵着音乐市场和排行榜的大人的心。对于LANDS来说，那些怀着财富、眼里只有商机的“大人”能够帮助他们实现伟大的梦想，然而想要实现梦想，就要向“大人”妥协。同时，麻子的出现也扰乱了团结一心的LANDS，成员们之间矛盾冲突不断，夏渐渐失去了控制……

电影的女主角麻子，是我们最常见的那种有点可爱但还不足以称为美女，心很善良但还不够聪明的女孩。她没有主见，心肠软，但是很坚强，懂得孰轻孰重。当她被朋友偶然带进LANDS的世界，她的生活就从此偏离了正常的轨道。对她一见钟情的夏不肯放她走，再三见面，甚至安排她成为乐队的经纪人。然而，始终都没有除夏以外的任何人认为麻子应该留在这里，“她不属于LANDS，她会害了我们”，幸也的话点出了麻子的被动——也是她性格的弱点。

因为夏的纠缠而一次次留在他身边的麻子，其实向往的却是LANDS的灵魂人物幸也。幸也比夏更懂音乐，性格也更孤僻古怪。一言不发的他认为麻子破坏了乐队的关系，但他会在深夜乐队的聚会结束后，带着麻子去看海，教会她“什么是孤独的感觉”。麻子沉浸在幸也神秘刺激的音乐世界中。然而美梦太短暂，很快夏发现了他们的暧昧关系。感到被背叛的夏把麻子赶走了。麻子离开乐队后，再也没有和他们见过面，作为正常高中生的生活回来了，直到再次遇到那个喜欢LANDS的朋友。

麻子的感情是电影的主线，然而面对看似人见人爱的夏，为什么麻子就是不动心呢？我想，男女两情相悦这种戏码是不会出现在岩井俊二的青春电影里的。男生和女生总要不断猜忌和错过，只有错过之后才珍藏起相遇时的美好。麻子也许并不是不喜欢夏，对于夏每次半夜三更把她叫出来在大街上乱兜风、让她照顾乐队、唐突拜访她的妈妈……麻子一边嘟哝着“无理”，一边到最后也还是理解了夏。她知道他的忧愁、他的迷惘和他的痛苦；知道他虽然是乐队主唱却被大家认为是“花瓶”；知道他懒懒散散、随随便便的个性是为了隐藏一份无助。也许应验了“异性相吸，同性相斥”这句话，麻子看着和自己一样不知道未来在哪里、希望在哪里的夏，就像厌恶自己一样对夏始终排斥。

她想要的，是像幸也一样的人，就像我们总会被又冷又酷的坏男生或独来独往的陌生人吸引一样，越是看不透的，她越是想要去接触。

麻子被幸也打动的那个晚上，幸也坐在乱糟糟的电线旁弹起了吉他，电影给了一段很长、很长的独奏，画面在阴影里的幸也和灯光下的麻子之间来回切换。没有对白和其他任何声响。

在那一刻，麻子认为自己理解了幸也，还有幸也的音乐。她认为她懂得幸也的孤独，懂得幸也的心声。

其实，她理解的不是幸也，只是她自己。

而祈求着麻子的爱的夏，也就是电影真正的主角，却是一个极自私、让人头疼的家伙。他是少女偶像，是乐队主唱，然而在表面风光的背后，他只是个承受着压力的、软弱的平凡人。虽然是LANDS的主唱，有很多很多的粉丝，但大家都知道乐队的灵魂人物是幸也和有海。幸也会作词作曲，有海会编曲，而夏只是台前的表演者而已。不满足于这样肤浅的定义，却也找不到突破的出口，夏只能把希望寄托在麻子身上。他知道麻子跟自己一样，都深陷于迷茫之中，不知道方向。但夏和麻子不同，麻子讨厌着自己，因此也讨厌和自己一样的夏；夏却喜欢麻子，因为他觉得麻子和自己一样，会懂自己。这样的二人不断互相试探、交往，同时又彼此伤害与被伤害。夏会很直接地、粗暴地对待麻子，就为了证明麻子是特别的女生；麻子的一再逃避也没有熄灭夏的热情。而当他知道麻子喜欢上了自己一直深深因他而自卑的幸也时，嫉妒心终于爆发，赶走了麻子。他曾经将浑水摸鱼溜进后台想看看LANDS真面目的麻子强行拉进了他们的世界，但最后又让她离开了。这一场无疾而终的恋爱，夹杂着LANDS的成长、LANDS的成功和LANDS的跌宕，太多人干涉，太多人阻止，也太多人冷眼旁观。在LANDS和麻子之间，夏最终放弃了麻子。

我想幸也只是个借口，背叛也是借口。在幸也亲口说出亲过麻子之后，夏还是跑到麻子家，玩闹似的向她求婚，抱着一丝孩子气的希望。他的喜欢太单纯，他容忍伤害，但不容忍破碎。他知道麻子不属于LANDS，也不属于自己。是要放她走，还是要选择她？

也许，我们会为了他或她做尽傻事，但在爱过、痛过之后，还是会潇洒地放手。因为没有肩负的责任，没有牢固的牵绊，也没有永远的承诺，所以能够重新站起来。这就是年轻的力量，和青春的本色。

当麻子赶到夏的公寓时，夏已经知道她和幸也的事，对她大打出手，然后两人哭泣着抱在一起，接了吻。夏最后松开了麻子，叫她离开。麻子抽泣着，跌跌撞撞地离开了。但她没有下楼，而是坐在门边；房内的夏弹着吉他唱起了LANDS的歌曲——那首他自己作词作曲的《元气》。

镜头慢慢从弹唱的夏移到门外，但麻子已经不在了。

所以夏最后让麻子走了，所以麻子离开了LANDS，所以LANDS在经历过成名和失败后又迅速站起来。音乐，最终战胜了爱情，走得更美更远。因为音乐是他们的理想，理想总显得那么美，尤其当它已经触手可及。

虽然是青春电影，但《Bandage》更加真实、难能可贵地展现出了完整的世界。LANDS作为乐队想要出CD、想要出道就必须借助公司和媒体的力量。经纪人由加里小姐就是联系LANDS和成人世界的纽带。她调节成员间的关系，利用各自的长处做乐队的卖点，商谈演出公司和争取演出机会……没有她，LANDS就是一群只会斗嘴的年轻气盛的孩子而已。由加里对任性、狂妄的夏无可奈何，但也知道他的弱点，能控制他为乐队付出。她知道幸也和有海的才华，会近乎残酷地审视LANDS的未来，否认夏的努力。麻子跟着由加里学习到了作为经纪人的责任感和敬业精神，才最终选择为自己朋友的乐队做经纪人。由加里就像前辈和大姐姐一样照顾着麻子，也像守护神一样让几度分崩离析的LANDS重新回春。因为现实的困境而几欲放弃LANDS的成员们，最终还是坚持着走到了最后。《Bandage》难得地给了“大人”由加里一些好的评价，不再让年轻的世界充满了大人的黑暗和绝望。

主观来说，这就是一部以主角夏的扮演者赤西仁为最大卖点的青春励志片。也许正是因为如此，所以很多人过分专注于赤西仁那五成熟的表演，批评他把夏演得没有内涵。对岩井俊二和小林武史的强强联合抱有太大期望的人，会对生涩的剪辑和音乐的流行曲风感到失望。《Bandage》的票房也不高，口碑更是差劲。

但我想，只有处于我这个年龄的人才能明白电影想表达的那份情感。没有一成不变的走向，也没有真正的坚强和胜利，每个人的想法都动荡不安，在大城市的一角默默打拼。

在那些冗长的交谈、弹奏的画面中，站立着表演的不仅仅是年轻的演员们，也正是我们自己，表演着生活。

不知道喜欢我的那个人到底喜欢我哪一点，也不知道我喜欢上的人到底有哪一点不值得我喜欢。在这个充满了大人的世界里，我想要生存，想要和喜欢的人在一起，想要朋友，也想要成就，就得学着放弃骄傲，学着理解别人。

明天睁开眼我会想到一首惊人的曲调吗？今晚入睡时我们的专辑会拿到公信榜第一的成绩吗？会不会有人听着我的歌声难以入睡，如痴如醉？

然而一切都只是臆想，哪怕有些可能已经成真。我所能感触到的只是我眼前这个世界，不是别人。

Bandage，可以解释为band age（乐队时代），也可以说成bandage（绷带）。

绷带包裹着伤痕，带着期望去向往明天，因为还年轻，所以允许眷恋。

Bandage，是一个只属于我们的梦。

2010.12

寻找 Seek

I seek the empty playground with my empty eyes.
I seek you.

我抬头面对着空空荡荡的操场，冷风似开刃的匕首一寸一寸从身旁飞过，留下切肤的痛楚，冻结了我原本滚烫的情意。

我抬头面对着寂静萧索的操场，白日在头顶投下坚硬的光束，一缕一缕，打进我的脊骨，埋下活泼流窜的血腥，填满了我原本清澈的心槽。

我抬头茫然张望，表情像一株杂草被腐蚀了短根，等待着糜烂的下场。一个人独自曝露在这可疑的世界里，脱离了温柔的襁褓，带着一种永别的悲伤。

我抬头，只是为了寻找你。

用一双混浊的、变了形的晶瞳去碰撞炽热的光线，我的目光在犀利的空气中寸步难行。一切只是为了寻找到那个你。每闯过一分颜色，我的心上便划下一道皮开肉绽的血痕。但是如何停止这种找寻，我从未停下哪怕一秒钟去微笑着思索这个问题。

由南及北。你会在那片散发着死亡气息的松林里吗？那里曾拥有繁花似锦，只可惜风沙已去，掠走甜蜜的气息。我曾躲藏在那些丑陋的树木下，伪作一双黑夜的眼睛，探察着过往之人的命运。

你会在那栋瑟瑟发抖的白色建筑里吗？那里盛满了太多羞耻的、可怖的、阴森的回忆，而他们——回忆的主人，最终只落得一个欢乐、圆满、美好的结局。回忆盛满了，就像变质的牛奶，沿着发灰的水泥墙流淌出一丝酸腐来。我曾——并如今仍然在那栋建筑里为你殉葬我的青春。

你会在那一排蜷缩的杨柳树身后吗？藏匿你瘦削的背影，连脸都不曾转向我地笑了，嘲笑我故作的痴恋。它们全佝偻着，掩盖住疙瘩满布的孱弱的腿，尽量不摆出快乐的姿态。它们可怜得无暇再去顾及谁的言论，只关心足下那一块硬成磐石的土，企图从中汲取些可吃的废渣来。我曾面朝它们坐下，静听每一分钟的死亡、衰老、哀伤与自足。

你会在那一道破碎的铁丝网下吗？任铁丝盘绕的图案吸附了你，割下你的一块块皮骨来。在那里永远笼罩着白烟灰雾，做出一个人最可鄙的下贱姿态，引得我忍不住浑身颤抖吐出由衷的侮辱。你曾是——并仍是在那里轻轻驻足的一员。而你现在甚至也不在那里，仿佛又在戏谑我的理所当然。

由北向南。不知你在哪里，寻找得毫无头绪。也许会掠过几个单薄的黑色剪影，但他们都不可能是你的剪影，哪怕倏地发现了一点，也是徒劳，因为我根本认不出你的剪影。

离得如此之遥远，像再也无法相见般的千丈之距，在我的心中拉扯出一个如此新鲜的口子，暴露出内在空旷的幽谷。我在回忆中秘密搜寻着哪怕一次曾口吐血浆寻找到你，但记忆是如此空白，以至于我开始笑得灿烂。

双手颤抖着，在白森森的阳光下我开心地挥舞着笑颜。对你处心积虑的寻找，其实又是我在庸人自扰。像上次一样一无所获地收回目光，藏进眼角。

我抬头，面对也许有你，又也许没有你的操场，哼唱起了一首我不熟悉的曲调。

2011.2

郑州中学
Zhengzhou Middle School

I can feel the strong wind,
howling and running around me.

站在这里，我能感觉到异常凌厉的晨风，
呼啸着从我发烫的耳根边而过

郑州中学，你从来不知道你对被困在这里的我们做过些什么，你也不知道你是怎样的温柔和残忍。

郑州中学，你还记得我们毕业时那些个信誓旦旦的约定么？你还记得谁曾说过会永远爱我么？

郑州中学，你只是一直站在这里，一动不动，笑着看我们做无谓的挣扎。

有时我爬上再熟悉不过的五楼半，眺望隔街那高大的光华酒店；

曾经我用水笔把幼稚的心愿写在白墙上；

曾经我和她坐在台阶上看日落日出；

曾经有次暴雨，我从二楼跑上顶层看明黄色的奇异天空；

曾经有谁过生日，我利用学校的每个角落做一个巨大的迷宫游戏，我在铁门上用黑笔写下希望一辈子在一起的话，然后今天发现它早被雨水冲刷，换成了一行很大的“王者陈翔”；

曾经男生点着烟沉默，我安静地看着他指尖的那一抹明明灭灭；

曾经女生疲惫地用头抵着墙，留下最清澈的眼泪。

郑州中学，我站在你的一个角落。

看着光华酒店，想起那句 在这里永不过时的流行语：“请你去吃光华啊！”

看着思达超市，曾经我们最喜欢的地方，每星期天下午返校，我在那里买一个火龙果、买一盒大果粒，然后回到学校，翻窗户进班和你们分着吃、抢着吃；

看着美术馆，想起曾经一起看过的乏味展览；

看着萧记烩面，想起曾经很频繁地去吃，吃到快吐；想起只有我们一桌去吃的时候，服务员的态度很over，你们都黑着脸，只有我旁若无人地大吃大喝，被你们暴打；

想起那个坑爹的打印店，我总想鼓捣那几台大机器上的按键；

想起郑中附小，在Y家用水管洗头，在C家吃红烧肉，听她讲自己家进过强盗的惊险故事；

想起已经消失的附小旁的康元饼干专卖，我总是迷惑你们口袋

里好吃的饼干从哪儿来的;

想起元旦联欢晚会快来的时候，穿过帝苑别墅去采购;

想起帝苑别墅里那一条条凶巴巴的狗;

老算错钱少给东西可乐狂加水的麦家美，电视里永远放着中央台，我趁你们等餐时，看完了半集《薛仁贵》;

哪儿看上去都脏兮兮的阳光小店，我们中考前去的，说了不敢吃荞麦面怕坏了肚子，最后还是吃光了;

冬季越野赛的时候跑过的那排柳树，那个街口转角总贴着计划生育的大标语。

视线右转，越过一排楼，想起了瓦屋里，这个被我们称做小乐园的地方。

瓦屋里二十五块钱一条掉色掉得让人无语的牛仔裤;

瓦屋里两块五一个的五谷杂粮饼;

瓦屋里破破烂烂的KTV;

瓦屋里脏兮兮但永远不缺客户的台球厅，我为什么总找不到入口;

瓦屋里的土豆粉很辣，酸奶很难喝，我曾坐在风扇下陪人吃，身边都是同学;

瓦屋里的奶茶店，满墙的便利贴，“×××我爱你一万年”、“期末考试祝成功”、“爱情是什么鬼东西”……我曾经贴过两个，一个是“友谊长存”，一个是“书能大卖”，早就不见了踪影，被藏匿在了层层胶水后面，我踏进店门，像听见一声声私语；

瓦屋里的大头贴店，人多得要死，夏天去的时候热爆了。两台机器全都排队，哪个空闲就逮住拍哪个，偷懒的时候就一版洗好几遍，然后拿个小小的纸袋子，装进书包，走到中途总会有谁的撒了一地，大家低头乱哄哄地捡；

瓦屋里大排档，不喜欢涮蔬菜，从水里捞出来蔫蔫的；

瓦屋里烤鱿鱼，谁真的相信那是鱿鱼呢？我总是说，多放点辣的啊，接着你说，什么也不放啊。劳作的师傅给我们一个无奈的眼神；

瓦屋里中奖游戏，我们蹲在旁边研究那三个蓝色垃圾桶究竟有什么玄机，为什么谁的球都投不进去。

还有很多、很多我没去过的地方，也不会再有机会去了。

不再有人坐着轰隆隆乱响的摩托三轮赶在六点半前到班；

不再有人拉着我们混进黑网吧玩游戏；

不再有人问我要不要在化妆品店里买包纸巾擦擦满头的汗；

还有斜对面的那个小公园，有很多不良少年，他们对我们吹过口哨，我们从草地上滚下去，骨碌骨碌，结果发现底下坐着一对情侣。

回到这个小阳台。

从前我们挤在一起戴着帽子顶着寒风用粉红色的PSP看《蜡笔小新》的台阶上，有人跳了下去；

从前我们挤着吃泡面做作业的墙，不知被谁抠掉了瓷砖；

从前我们往里头乱倒东西的雨水管，现在破得体无完肤；

从前我写过自己心愿的地方，已经被陈翔这个该死的帅哥铺满了，乱糟糟的没留下一点存在的痕迹，除了最上面还能看见七班写的“郑中之巅”，字体也很单薄，好像马上要被蹭掉；

在四楼谈恋爱的情侣，对不起啊！你们说话时，从天而降的那个苹果核确实是我砸的，我没看见你们在底下，真的抱歉；

张雪品，这不是你的真名，你肯定都毕业两三年了吧？到现在也不知道你是几班的，只知道你总是用荧光色的笔，抄很优美的句子。

旧人一去，新人来到，一切仿佛初始，没了过往痕迹。

无非一场梦。

对吧？郑州中学。

盖不住，污渍的背后不是纯白，只是又一抹黑色而已

郑州中学，你拆了教工食堂和校超(校园超市)，搞了个啥实验分校还建体育馆。

想起挪地儿的校超现在卖的所谓“加州新式汉堡”，其实就是我们俗称的“饼”，味道不赖。

还记得三年前，校超还在独栋小屋里的时候卖的什么吗？那时

候其实东西蛮丰富的——

很香但通常也很硬的煮玉米；

很难吃而且居然现在还有在卖的墨西哥鸡肉卷；

会在两个地方分开刷卡的烤香肠。男生总是拿了香肠不刷卡去排门口的那个队，然后边排边吃，等轮到自己就吃光了不用付钱。后来校超只让在烤的地方付钱了；

充卡的那个不可爱的大妈今天还在，还是会在我充钱的时候扬起她特有的尖细而傲慢的声音对我说："不会把钱展开？！"

我每次都不展。我那时候很讨厌她，当然现在还是；

但是当我们纷纷离开了，她依旧坐在那个隔着铁栅栏的小屋里，通过小窗口接过一张张脏脏的钞票，想想她是那么可怜，虽然她自己显然认为自己很牛。

被纷至沓来的拿炒米和杂志的男生女生踩秃的小草地，还有体育组旁边的那块大草地；

我们的象同学用她的狮吼绝招把对面的寿司店员工叫来，她喊得超有魄力；

晚上轮到棒棒他们班同学做纪检工作，他拿完炒米后被同学"打劫"，然后落荒而逃；

等他拿炒米的时候，我和豆丁坐在黑糊糊的自行车棚里，我随便讲了个鬼故事就把她吓哭了；

Monitor、Monitress和我，中午躲在实验楼里吃炒米，楼梯很窄，上面的人吃完了下来被我们堵住，只好起身让路；

最右边的那个楼梯走到头原来是音乐教室的后门，门上有个小洞。有次在那儿睡觉，结果正好六班上音乐课，有好事者透过小洞窥探，碰巧我也在伸头偷窥，我们两个大眼瞪小眼，他大喊：“有鬼啊！”

我把门上掉下来的那块很像玉米棒的小木头拿走了，现在不见踪影；

有次我又在顶上睡觉，一群烟民上来了，看见我悠然自得睡得酣畅，他们很体贴地“嘘”了一声，然后蹑手蹑脚地走掉了，我很感动；

楼顶女厕所的隔间木板上有人抄了整首的《葬花吟》，字体娟秀；

一楼最右边那个楼梯间是保安的住处吧，一块天花板斜着的房间，有次我推门进去了，还好没人。房间很小只供摆一张单人床，墙上挂着大衣，木桌上放着一双破手套。

郑州中学，你知道你最性感的地方是哪儿吗？我觉得是实验楼。

有时候放学晚了，就能看到一对一对的情侣从实验楼里出来。

噢，对，忘了图书馆。一直以来的遗憾就是初中光顾着钻实验楼的角角落落了，没把图书馆给摸透，现在也没机会了。

没机会再去看看天文台开门了是什么样；

没机会恶作剧打扰甜蜜的小情侣；

没机会爬到顶层被一个简单的没结尾的鬼故事吓哭;

没机会躺在操场上看一整节课一朵云的默默飘过。

那时候偷懒是多么随意的事情，大家说走就走了，总说肚子疼去校医室;

校医室的女校医为什么都那么年轻，夏天会穿绑带凉鞋，冬天穿及膝皮靴;

不管你形容多憔悴呻吟着说你痛经，她们还是板着脸说“看不到的病不给开假条”;

校医室的角落里那张白色的床，我从来没机会躺上去过——昏迷或者断腿;

校医室的冰箱里永远放着一板冰块，在你崴脚的时候抠出来一颗让你敷上;

我每次都把冰块塞进嘴里，等吃完了才有人告诉我是用自来水冻的;

校医室里永远挤满了不想跑早操的人。有次去请假偶遇许多故人，大家都愁眉苦脸地说自己上课迟到了,只好来这里玩玩;

以前在我闹胃疼的时候，校医会给我颠茄，后来再要就不给了，她们很严肃地说“不可以上瘾”;

校医室前的拐角处，那根宣传板的柱子可以当镜子用。

呵呵，说到好玩的地方，除了去校医室还有操场。我们学校之所以显得很大，多半是因为被偌大的操场一分为二。

中考前总铺在主席台上的跳远的标准软板，每次下午锻炼时十三班班主任就带着他们班去占场，搞得从没上过一米九〇的我都不敢去跳了；

那个时候天天绕着操场跑圈，边跑边就听见广播站放《爱情买卖》，结果跑岔气了；

体育考试前那阵，高中那对伪GAY天天牵着手绕圈走，好多女生给他们拍照。后来没人锻炼了他们就消失了。唉，难得的福利啊！

大厕现在被围起来了。郑州中学，你好抠门儿呀！建个体育馆还把那个P大点的地方圈进去，不会再买一块大点的地？还有那实验分校也是，扒了校超干啥！有本事把吊篮的那栋小楼也给扒了，呵呵……

从初一遥望到高一，我居然都没去过吊篮，总是没事找事让人家捎带；

记得下课了，班里一群男生吆喝去吊篮，等回来的时候每人两只手里全是吃的，可真正到自己嘴里就剩不下多少了；

总有个男生故意落在人群最后，往班里瞄一眼，问一句："有人要带东西没？"

"奶茶奶茶！薰衣草的，不加珍珠豆！"

"八块钱的寿司两份加大杯酸奶！"

“印度炒米！回来给你钱。”

“矿泉水……”

我们哈哈笑着，好像这样蹭东西吃的日子永远不会结束；

没写名字的卷子撒得满地都是；

拥挤不堪的教室里，充满了一种叫做快乐的东西。

不知道该怎么说这种感觉，就像掉了把手的门

郑州中学，我从来没拿你和别的学校比过。

他们说什么学校的花，什么学校的草，郑州中学的恐龙到处跑……

我不相信我们是最差的。我只是相信，如果当初我选择了别的学校，我的命运将会大大不同。

也许我不用每天再走那么多的路，从宿舍到教室，从教室到食堂，要穿越整个校园；

也许我不用上晚自习上到昏昏欲睡快十点；

也许我不用抱怨寄宿的不方便；

也许我不用牺牲复习的时间，在期中考试之前被高新区的晚会抓去当人肉背景；

也许我不用每年冬天呼哧呼哧地跑越野赛；

也许我不用脸都没擦干就急匆匆去跑早操；

也许我不用为了翻不过栏杆而沮丧；

也许我不用站在街边大喊晶晶书屋的老板娘；

也许我不用排队等着拿卓越网的包裹；

也许我不用每天下课抢着去食堂吃饭；

也许我不用放学回宿舍的时候跑得太急，被那棵大松树戳到脑袋；

也许我不用每天回宿舍都要倒掉鞋里的塑胶粒；

也许我不用靠着掉粉的白墙用201卡给家人打电话；

也许我不用担心老师突然冒出来查宿舍被扣分；

也许，我不会遇到现在很多念念不忘的人，我不会记得我们曾经在一起；

也许，我不会留在这里，继续日复一日看别样的风景。

已经离开的人们，你们还记得我么？还记得郑州中学么？

留在这里的人们，你们后悔自己的决定么？在这里，你们还快乐么？

我只想说，我爱你们，我爱这里。

哪怕你们和它曾带给我太多的温暖和伤害。

2011.1

小张

驼背的天使1 Bow-backed Angel 水笔 / 20cm × 14cm × 2 / 2010.4.28

驼背的天使2 Bow-backed Angel 水笔 / 20cm × 14cm × 2 / 2010.4.28

小张1 Miss Zhang 水笔 / 14cm × 20cm / 2011.8.22

小张是……

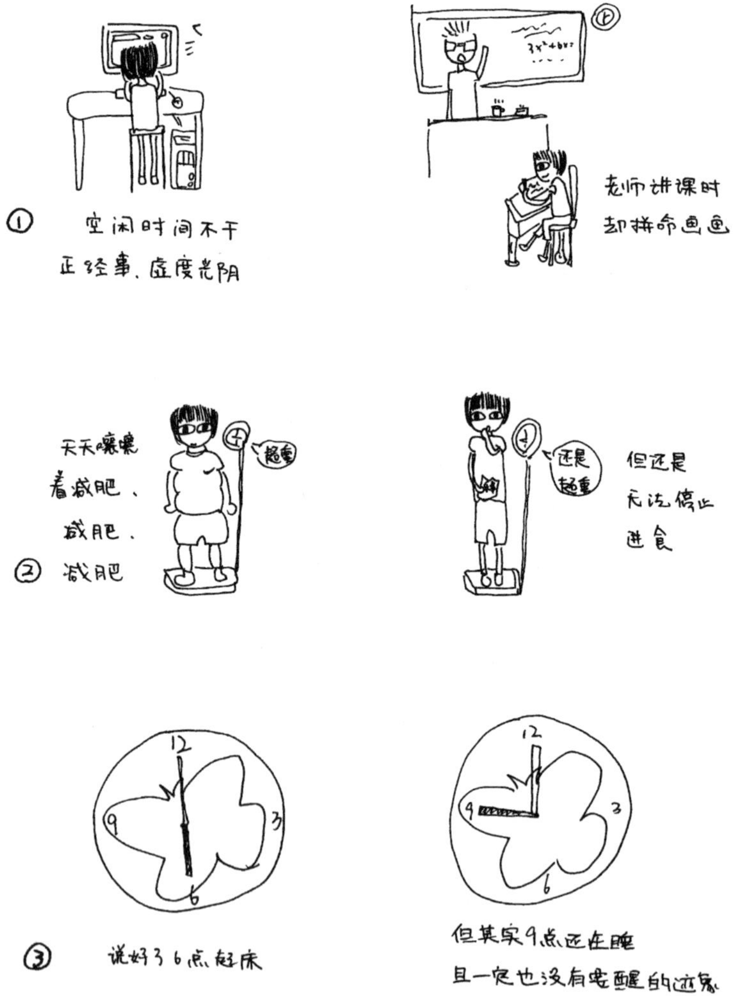

小张2 Miss Zhang 水笔 / 14cm × 20cm / 2011.8.22

小张是……

小张是……

在这打工
也不错
……
⑦ 没什么伟大的
Dream

没什么伟大的
Personality

⑧ 和朋友一起过着
总有一天会怀念
和后悔的学生生活

cáo
吐得一口好槽
烧得一手好菜

⑨
It's Me
I'm 小张
小张never end♡

XIAOZHANG 小张

下午茶 TEA-TIME

XIAO
ZHANG
象，你走了　浪漫　带我走
带着笑　奔跑　书

象，你走了
My Dear Friend

I am not willing to be your best friend,
taking the most important place in your heart.
I just want to be remembered,
when you are laughing or tired.

你走了，好像带走了我的什么，但我一时又无法去确切地形容。像是我的过去，我曾经的珍惜，我最后的念想。你的离去，似乎代表着我已经与那些人那些事彻底分开，不再有联系。你的美好不在后，那些因你的美好而串联起来的我的几年来的痛苦也像得到了解脱。象，想抱抱你瘦弱的身子，真实地感受你身上浓郁的香甜气息，握你的蚂蚁细腰，然后告诉自己我们从未改变。

只是分别，没了下篇。

我认识你的时间是那么长，就好像你一直活在我的每一天。我们在同一所小学，同一年级，隔着走廊的一班和六班。小学时我没有和你说过话，我们总是擦肩而过。偶尔彼此会有些新闻，比如你有了耳钉（我还知道是Hello Kitty的），你也说你听说过我。

在毕业典礼上你跳拉丁那么奔放，似乎不愿停止。那是我第一次直面你的光芒。虽然是光，却如此直白，不懂得掩盖自己的妩媚，如此妖娆地展现给每一个陌生的人。这种光芒闪到他们的眼睛，就容易被误解、被讨厌。但是光的中心是那么纯净，我知道，虽然是后来才知道……

我也曾很长时间在很远的地方窥探你的世界，打听你的消息，然后和很多人一起评头论足；我也曾认为你是多么的讨厌多么的放荡，和她们分享关于你的流言飞语；我也曾不屑与你交谈，想要划清界限。

但这些偏见消失得是如此之快，以至于现在想起竟只剩美好。

还记得我们共同的朋友么？其实我一直以来都很羡慕你，还有你的圈子。那是一种很奇妙的感受，有点像堕落又有点放纵。我只是一直傻傻地试图成为像你一样的人。你没有出现的时候，我自己做过很多很傻的尝试，却不知道自己在别人眼里有多可笑。而当你出现，我才明白，其实我不必放下我的姿态，我们都一样本真而快乐地活着，改变自己迎合别人，只是一种蠢。

每当你说起自己经历过的那些在我看来很了不起的事情，你的脸上都有一种我很喜欢的神色，有些得意又有些野蛮，带着撒娇的味道。我从未完整地了解过你，还有很多东西你隐藏着，但我已经很满足。你有很多我没见过面的男友，有很多比我跟你交情更深的女人，但是在你即将离开这里之前，守在你身边的人是我，这是我的莫大的荣幸。

你像一场戏。

我没看到开头，姗姗来迟，却坚持到了最后。很多人为你疯狂，沉浸其中，却浑然不知已落幕许久。

很多人走上过你的舞台，很多人给了你笑，给了你恨，给了你泪。最后镁光灯下，舞台中央只剩下一个被揉成一团的剪影，是如此单薄。

台下掌声雷动，也有可能鸦雀无声。但你毫不在乎。

你只在乎你的美丽。

而因此我们爱你。

象，你要走了。这句话很残忍。我很少经历离别，也许因为很少投入去付出一段友情。你知道，我只是冷淡的内核裹上了滚烫的壳，其实层层剥开后只能付出些暖灰……

我实在算不上个好朋友。

在你需要安慰的时候我的肩膀不够强壮；在你需要快乐的时候我的笑话太冷；在你需要陪伴的时候我总是在别人身边；在你需要疯狂的时候我又会退缩。我总是从你这里得到太多东西，可以说你惯坏了我。但现在我再没机会被你惯了，那种窝在你的关心下吐出的气都是清新甜蜜的感觉，已然离去了。

我第一次懂得离开，是葱再没回到我的生活，我也再没抓住过她；我第二次体味离开的感觉是魏明朗笑着说了再见，从此毁了梭和我的梦境。

他们是我最初的梦想，是在我还没长大，还没懂事，还没学会痛着微笑时狠狠介入过的人。而你，是当我以为我已经可以应付世界，可以学着淡定时却说了“Bye”，然后让我发现，其实我一直都在模仿你、依赖你，希望成为你，成为能自信地笑起来，哪怕芒刺在背的女人。

那个可以抛弃谁、可以背叛谁、可以讨厌谁，但无法不爱谁的女人。

还记得你转来郑州中学后对我说的第一句话么？就是“你比以前胖了”；

还记得我们第一个共同点么？相同的水彩笔；

还记得我们做同桌的时候么？我叫你不要用混着口水、汗水、微生物、灰尘的矿泉水洗隐形眼镜；吼你不要用抓过头发、抠过鼻子、摸过鞋子的手指戴美瞳；我问你哪里剪的挫发型；我和你讲小学时的糗事，谈帅哥和祸水；我们一起逗杨涵……

你和帅哥疯子打得火热，而我对此表示羡慕；

你和我弟弟蛋青玩得那么好，感情那么深，身为他挂牌姐姐的我表示羡慕；

你一转学来英语就考了差两分满分，我表示羡慕；

你一跳就满分，一跑就满分，完了还要轻轻松松拍拍屁股扭着腰去喝水表示自己没使劲。因为害怕中考体育哭了一个月最后八百米走下来的我表示羡慕；

你的牛仔裤比我的小两个号，对此我五体投地地表示非常羡慕；

不管四季你总是花枝招展，衣服花花绿绿想穿什么就穿什么，对此总小里小气挑三拣四的我表示眼巴巴的羡慕；

你有那么多仗义的朋友，还有很多志同道合的仙后，天天都有打不完的电话和聊不完的QQ，对此天天没事就问100861话费多少的我表示羡慕；

总之，很多我做不到的事情，我都表示好羡慕……

呵呵，这些话你听来肯定会觉得我又二了，那些幼稚的细小的东西其实是多么不值一提，或者我总是羡慕你的这些事是多么可笑，但实际上我真的是羡慕着你。也许还不仅是这些我做不到的事情，其实更是你一贯自信满满的表情。

无论你的头发是什么颜色是什么形状是什么姿态，你永远都潇洒甩甩；

无论你是素颜是裸妆还是浓妆，你永远都灿烂微笑；

无论你的朋友又为你做了什么傻事又犯了什么过错，你都自己过好自己的。

我看过你的崩溃，我看过你的眼泪，我看过你的买醉。

但你总是比我坚强、比我能干、比我抗压，甚至还比我懂事。你崩溃了，会站起来；我崩溃了只会让你扶。你哭了，哭得真实，但也哭得短暂，因为你明白留时间给哭不值得；我哭了却无法停止，只能让你抱抱。你疯玩，却知道分寸，不像我一晕头就做傻事，然后留下烂摊子，让无数人无奈。

象，你就要走了。我写着写着就想笑起来，陷入了回忆中，却不得不提醒自己是为什么流连这些回忆。

能认识这么多个你，也许是进了高一国际班之后。初三那年我们都玩着过来了，但高中不一样。很多时候我都抓着你想让你为我证明，我其实不是那么爱哭，不是那么脆弱，不是那么无理取闹，不是那么善良到自甘奉献。整个班，只有你知道我最快乐的时候是什么样子，知道我最美丽的样子。但我怕，怕现在的我太二，让你再也记不起我曾经的无忧无虑。

象，如果你离开，请听我一句：忘掉我所有的哭泣和所有的傻气，记得我们曾经的初三，我们的同桌生活，还有我们和雪的幸福。我不想让你认为我是一个不值得回忆的人，因为我自己都觉得自己不值得被回忆。我也许不够格做你最好的朋友，但我只要一个指甲盖儿大小的位置，在你的心里，挤在很多男人和女人中间，做最安静、最特别的那一个。

想说对不起，我让你总是担心，总是忧虑。

想说谢谢。

谢谢你每次在我不开心的时候开导我、骂我；

谢谢你总是皱着眉头大声问我，又为了什么事情独自哭泣；

谢谢你和雪在宿舍楼下等着我，和你们一路同行；

谢谢你从未谴责过我重色轻友、见利忘义、装疯卖傻，等等；

谢谢你的爱，支撑着我度过最艰难的时期，支撑着我终于等到了这一天，我可以耸耸肩假装忘记，可以重新自己笑了；

谢谢你帮我那么多事情，我一时都说不完了……

写了这么多，我还是没写出自己最想说的话。

但我希望你明白，你对于我来说像一个目标，像一座路碑。你给予我得不到的东西。

那就是坚强、成熟、笑着遗忘。

曾经不明白你离开前对某些人显得过于冷酷无情，也曾经不理解你为人处世过于独裁的方式。但现在我才明白那就是你的个性，你的特别之处，因为你要离开，因为你不愿意拖拖拉拉，你知道总要走，那么就不要遗憾。

感情过去便是过去了。也许有一天我也会像你一样，潇洒不羁，勇敢面对未来。

象，你要走了，到现在我还是不能完全相信。我这个人就是这样，也许直到你真的不在我身边了，踏上了飞机，我才能真切感觉到一种缺失。

没了你，小奥和谁做同桌呢？

没了你，鹏豪找谁半夜打电话要媳妇呢？

没了你，谁懂大头的一片色心？

没了你，谁来组织和带好这个班级？

没了你，谁和班主任正确交流？

没了你，焦焦也许会失神，虽然他终有一天会好起来；

没了你，花花会无言地笑笑，虽然伤疤也能痊愈；

没了你，地球照样会转，却转得无奈。

象，你在波士顿要继续奋斗，做现代社会的“白骨精”；注意安全，一定要保护好自己，不要被街边的混混拐骗了，当然拐骗混混也是坏孩子的行为；告诉你个电视台叫Adult Swim，晚上十点开始播成人动画，很适合提高口语；Disney频道的电视剧几乎没有广告，你一定会不小心看到凌晨；上学了不要勾引男同学，记得早点结交好朋友；有什么事情跟我说，我接越洋电话不要钱的……

好好照顾自己，知道了吗？

最后说一句——

亲爱的，象，你是我的朋友，是我崇拜的女人。

再见，一路保重。

——给飞到美国波士顿求学的朋友象。

2011.2

浪漫 The Romance

To many of us in this world, the romance is not the London Eye or the River Thames. The romance is about something you can own, something you can hate, and something you cannot forget in your heart.

“世界上最浪漫的地方是摩天轮。”

——非主流画片、《最小说》插图、无数篇浪漫的言情小说和日本漫画告诉我们这个道理。他们没说坐一次摩天轮多少钱没说坐一圈摩天轮多长时间没说摩天轮几点到几点开什么时候会关摩天轮在哪儿摩天轮是谁发明的。他们只是把俊男美女塞进小小的摩天轮包间里，转上缓慢的、沉默的一圈。恋人们坐在摩天轮里透过脏兮兮的巴掌大的玻璃窗，望见很窄的一块城市的远景——而且还远不到哪里去。也许你只能看到灰蒙蒙的高楼、灰蒙蒙的街道、灰蒙蒙的车流，还有头顶灰蒙蒙的天空。但是从坐上去的那一刻，你就不再去想任何会破坏情调的事情了。恋人们十指紧扣，听着身下机器吱吱呀呀的转动声，颤颤悠悠地升高三米，一层一层又一层，幸福极了……

谁也没注意到那个操控机器的老大爷，戴着几年没洗的蓝色罩袖，身上退色的鸭绒袄显得越发单薄，在巨大的白色摩天轮下，孤独的他在小板凳上跷起腿看起了今天的《大河报》。他不关心小青年的爱情不关心绵长柔软的吻也不在乎恋人们在头顶上他看不见的地方都干些什么。他只是隐隐有些羡慕被分管旋转木马的老伴儿，那儿的马儿上蹿下跳跑得欢，游人多就赚得多，听到的欢乐也更大声。不像这个冰冷的竖起的自行车轮胎，总要他挺起生硬的脊椎，去抬头仰望。

“最浪漫的旅行是去看海。”

——电视剧里女主角抱着男主角的骨灰漫步在空无一人的海边，边流泪抛撒边说着“我们终于一起来看海了”，顿时屏幕前眼泪似迸裂的水龙头，枯井变成喷泉。她放下心爱的盒子穿上比基尼去游泳，从海里浮出来的那张湿淋淋的性感万分的脸如芙蓉般美丽。

我们就天真地以为那是多么美好的事情。两个人看海，默默不语，享受甜蜜的二人时光。只不过真正这样做过的人多半会苦笑着告诉你，在那片貌似细软、银白的沙滩上，你不能随心所欲地坐下或躺倒了，因为你不小心就会坐在一口风干的痰上，或者在沙的下面发现一张张花花绿绿的食品袋，它们妖冶动人，或者年老色衰。我去海边之前，韩剧里的美丽女主角也忘记了提醒我海水到底有多咸有多脏，也没说那蓝天绿水的海天一色远看太美近看太反胃。于是我被海底不知道沉淀成什么颜色的水草纠缠着狠狠摔了一跤，脸上的盐粒硬是三天后才全部洗干净，更别提泳衣上总能从哪个角落里抖落出来的沙子了。

赤脚也是不可能的，因为沙滩的沙子其实都是海鸟的大便堆成的。我们眼睁睁看着一群海鸟飞走后，那盘曲得像蚯蚓一样的粪便立即被海水冲刷，幻化为无垠的褐色沙滩，连一丝异味都没有留下。接着，一群金发碧眼的小孩儿从我们面前踩着平整的沙滩深一脚浅一脚地跑过去，每人幸福地穿着一双钉满迪斯尼人物鞋钉的Crocs拖鞋。

我们看过了太多没有经历过的浪漫的事，然后我们就觉得自己总有一天也能那么做，那么傻下去。

我不想要你给我一个虚无的承诺，说什么带我去北海道摘薰衣草或者去墨尔本看GAY；我也不想傻傻地相信你，傻傻地点头，然后开始傻傻地幻想。长时间来我被你的浪漫折磨得体无完肤，也许是因为我们真的浪漫过，让我无法放下心中刚刚熄灭还等待着充足的氧气将它复燃的一丝希望和美梦。

我不想要看上去很不牢靠的摩天轮，也不想再去冰冷的、肮脏的海滩；我不想从五点半的睡梦中爬起来看日出，然后一整天昏昏欲睡，到了黄昏六点半还得爬上高楼去看日落看得手脚冰凉。

对于世界上每个人来说都有最浪漫的事。而对于我、对于我们，最浪漫的事情，就是最实际的事情，那就是坐在一辆不知名的车上，头靠头地睡着了，手握在一起，有些汗津津的。你醒来后问我这趟车会开往哪里，我不会像电影里的女孩一样对你笑着说“我不知道”，我会说我们正在去往学校、去往小饭馆、去往郊外。天不一定要很蓝，车要开得很慢很慢……

我从来没有告诉过你我要的是这些，但你那有些倦怠和留恋的眼神好像在说你对我很了解。于是你牵着我的手，我们上过公交，上过的士，上过火车，上过飞机，去过很多很多地方。你终究是忘记了曾经说过的关于樱花的誓言。我们头靠头地睡着了，睡得像两头小猪。

我所祈求着能够拥有的浪漫，最后也只剩下可供我回忆的这么多了。

而摩天轮、海边、太阳、星星和烟火，它们在离我不远不近的地方，用一双冷漠的眼睛注视着我，看着我渐渐放开手，转身离去。

2010.10

带我走
Don't Leave Me Alone

Please take me away
To somewhere without my existence...

他出现在一个阴湿的午后
举着一手的泥泞
在墙的那一边冲我微笑
那天真又邪恶的笑容是我的诱惑
墙内肮脏嘈杂
墙外平静安详
我在墙内看着他在墙外
我说
带我走

离开这个心碎的巢窝
离开这些狰狞的人群
离开我迄今为止的拥有

离开形容枯槁的脆弱的我
我对他说
带我走

我不需要一对动人的眼睛
载满危险的柔情
我只要一双有力的臂膀
撑着我翻越长满青苔的围墙
墙内欲望满溢
墙外干净苍白
我不介意他嘲笑我体重
我说
带我走

去长满荠菜的野地
去飘着牛粪味的乡村
去破败寂寥的废弃公路
去我会狼狈不堪地摔倒在泥里的地方
我对他说
带我走

我们躺在虫子、羊粪和草芥上

拥抱着仰望天空
他铺了厚茧的手指
告诉我云的不同形状
耳际有不真实的呼啸之声
耳后有隐秘而窃窃的骚动
问我此时还缺少什么
我说
带我走

喜欢有日光的海岸吗
喜欢茂密的古树林吗
喜欢闪耀着的雪山吗
迷恋任何无忧无虑大风吹的地方
我摇摇头
带我走

他拉着我在路上狂奔
渐渐失去方向
飞越成群的牦牛和绵羊
他轻柔地怀抱着我
笑着说找不到我要的路
路上清冷无人

路旁田野空旷
我说没关系
我不在乎路
带我走

我成日趴伏在窗边看尘灰
我成日伫立在墙脚望来人
我成日静坐在椅子上等黄昏
我等着墙外一声轻轻的呼唤
我看见他隔着铁栏杆伸出手
我说
带我走

带我走
去没有我的地方

2011.4

带着笑 奔跑

Running with a Big Smile

I always want to put off the strongness I am wearing.
Find a corner to have a rest.
Find a reason to be weak.
Find a place to forget about who I am.

又是一天过去，春花烂漫时。

上课时，被老师点名读幻灯片，与此同时梭的短信来了，她说她愿意让我带着她从黑夜逃向快乐。我在想：如果我负荷不起她的重量，我们会一直滞留在这里吗？

上午，我的言行吓到了同学们。听着寒雪为我狂回忆《Vista看天下》上的炒冷饭的笑话、罗奔用手机软件给我做了很多千奇百怪的证书（富豪证、房产证……）、大头唠唠叨叨、豪哥眼神迷茫、二孬二话不说飞来纸巾一包，当然还有孬姐中午倾情喂我双汇瘦肉精、懋坤的救命腰果、东野圭吾闲扯淡的书（《名侦探的诅咒》）……

人和事分分秒秒包围着我，渲染着这个世界磅礴的力量，从他们带着暖意的眼神里我看到了自己，像瞳孔上丑陋的伤疤。

想卸下一直以来的强势，找个角落休息一下，找个理由甩掉坚强。梭感叹我怎么总是那么high，我只是笑笑。不high不行啊！我不习惯冷着脸装受伤，那样只会伤害我自己。还是打起精神来好。

但心里渴望的却是被窝……

我带着笑，穿梭在逆流中，忍受所有多余的疼痛。前面是教学楼，身后是路。我穿过操场上九年级练体育的人流，开始慢慢找回失去的活力。上楼，先看见皓月和孬姐，我们遥望着互相挥挥手，一切如常。

一切如常，我又回来了。

回到这个必须面对的地方。

教室里无缘无故少了很多人。班主任在教室外面教育同学。

学校的时钟走着，逼我听课。我居然用颤抖的手写完了生物卷子，还写得华丽认真。然后又和雪讨论校报工作。这么多事，放不下，也逃不了，我打起精神全部爽利地解决，痛痛快快，没有懈怠。

我开始想念冰洁。

谁带我走，离开时间。

2011.3

书 The Book

I always thought that the thing I dreamed for was not real.
However at least when I found it, I felt scared.

周五下午放学回到家，老爸出差了，和妈妈一起吃的晚饭。我们自己做凉粉吃。其乐融融的吃饭间，妈妈说起她这次去北京的见闻。她带着我的书，一路送给了很多朋友。由于是出版社和路金波的公司联合召开研讨会，她也见到了很多文学圈的名人。她说我的书受到大家的喜爱，连白烨这样有名的评论家也夸我很有才。

老妈毫不掩饰她的喜悦。我虽然表情淡淡的，其实心里也很美。自从出书以后，老妈就开始向周围的朋友炫耀了。因为我不能陪着她去很多地方，所以我的书就成了她的第二个女儿。

我这个人就是有点那个，越是在乎的事情越要表现得无所谓。明明得到好评一片很得意，但还是要嫌老妈太招摇了，万一人家只是表面客气一下，或许觉得根本不咋样呢。老妈淡然一笑说，没关系，出版这套书是为了给你的成长留个纪念，又不是要当畅销书作家、要制造新闻，别人说什么并不重要……

我不由得想起就在春节前两天，第一批样书送到家里时的情景。因为赶上过年，工厂慌里慌张做出来的书效果很差，封面起皱，胶水四溢，环衬粘歪，对开页图片错位……那天下午，老妈搬个小板凳，坐在一大堆书中间，一句话也不说地自己整理着。而我正在客厅心不在焉地看电视剧，我当然能体会她的心情，只是我不知道怎么表达才能安慰她的“受伤”，怎样做才能减轻她的挫败感。

说起来惭愧，身为作者的我远没有身为编辑的老妈付出得多，因为我不懂出版，更因为我始终没有把出书当回事。我只是提供了最原始的稿件——那些文字，那些画，我就袖手旁观了，接下来我的老妈开始了快半年的辛苦。

等到春天，堪称完美的第三批样书出厂了，老妈才终于满意了。接着她开始不遗余力地送书。她越是这样，我的表情就越冷漠，内心的岩浆却总在翻涌，有时写着写着会大哭，画着画着也要掉眼泪。但是我从不告诉她我有多幸福和满足，也许，是因为我害怕表达真实的自己之后，真实的就要失去。

老妈在饭桌上讲完在北京遇见的一大圈人，又讲起我小学五年级时去北京，我们一起拜访过的一位老奶奶。她是姥姥的战友，情同姐妹，妈妈小时候每年都会跟着姥姥从河北到北京，在她家住上一段时间。老妈猛地一提起，我还有点茫然，但依稀记得她家在很宽的大马路对面，不起眼的小区，老旧的房屋，铺着一块花布的沙发。老妈说奶奶因为大病住院了，医院悄悄下了病危通知书。她去医院看望奶奶的时候带着我的书。八十多岁的奶奶躺在病床上，翻看书中的照片时，说我跟妈妈小时候长得很像。奶奶很真挚地说她会把书从头到尾看完的。老妈说与奶奶告别时她哭了一场。

老妈和我相对而坐，讲这番话的时候，我感到很尴尬和惶恐，当时很蠢地转移了话题。但当我面对电脑敲下这些文字的时候，再想起这件事突然又变得很伤感，同时很害怕。我从来不敢去想我的老爸老妈活到八十多岁的事情，也许是因为太早熟，我的幻想通常来得十分沉重。我害怕看见任何人在我的生命中、在我的眼下以一种看得见摸得着的方式被时间变老，以至于我害怕到不去想、不去写。

吃完饭，妈妈又问我给校长的书送到了没有，我说送到了。因为出书的事情在学校传播得很快，当初没有给年级段长送书，而是她找我要书的事情就显得我很笨，很没有礼貌，所以我主动提议赶快给校长送一套。我就是这样，总在做着不像自己在做的事情。即使清楚地知道老师们不会真正把书翻开来看，也要签名送出去。喜欢的老师拿到书也没有时间看，也不会说我哪篇文章写得很好，哪幅画儿画得很可爱。他们多半把书摆在办公桌上很显眼的位置，让我一走进办公室就看到每张桌子上都有我的书。他们也不会因为我出书了就免我的作业，反而有时还会变成某种负担。比如新加坡公派留学初选的时候，我被问到的全是关于我出书的问题。当时那么多学校领导围着我，用希望的眼神看着我，也许是希望我出口就是奥巴马的演讲词吧。可是我从来没有把出书当成大事，更没有为此深思远虑过，所以当场表现得愣头愣脑，很差劲。他们失望的表情都不带遮掩。就这样我被淘汰了。

被淘汰之后，我才想起补送书这件事。即使要送，我也是懒懒地看见了就叫住老师请他等一下，然后跑回教室拿套书塞给他。如果见不到就一直拖着。因为我很明白谁能在书中看得出我的真心和我的价值，而谁又只是拿到了布袋子里包装精美的一堆废纸。即使我心里很明白，也还是要送给那些不知道是否懂我的人。这是大人的做法，是畅销作家的做法。但不是我的做法。但我做了，因为我在长大，因为我想事情、做事情要很周全才行。为了这一点，我每次看到老师们的办公桌就觉得有点悲哀。

我也不知道自己真正在希求着什么。也许是老师们认真阅读后的评价，也许是到处被人指指点点的招摇，也许只是被我感动的同学写来的一张纸条。我很难确定我到底需要什么，因为我什么也没有得到，所以无从比较到底得到哪样才比较快乐。

当我十分夸张地把两箱书扛到班里分发给同学的时候，我希望有人拥抱我和夸奖我；当我走过校门口书店的时候，我希望有人问我，你是不是海报上画的那个丑丑的人。但同时我又对真正拥抱我的人显得平静和疏远，对热心地跑来问我学校书店里是不是有我的书的同学傻笑。我遇到了几个真诚到让我惊讶的人，他们甚至之前都不知道我的名字。但他们认真地看了我的书，甚至还要做批注，然后找到我，用真挚的表情夸我很有才，很厉害。我脸上堆起僵硬的笑容，心里感到幸福，但又飘忽不定。我始终认为我希求的东西是不存在的，但又真实发现它们存在了。

是很多人教会我要平静地面对虚伪，我还以为我已经习惯了，但他们真诚的感动又不是假的。我的小学同学，一个爱耍酷、很少答理我的男生，居然为我动笔写了信；填同学录的时候，成绩年级第一的同学悄悄地用她得到语文最高分的书法卷面给我写到，她的老家，就在我书里写的那个我去写生的贫困小山沟。她已经遗忘那里很久很久了，她从来没想过除了她还会有人认识那个地方。但我居然就在那里住过一段日子，每天在她生活过的地方背着画板疯玩。那一刻她掉下了眼泪。

我也从没有想过原来我有这样的力量，能直达人心里最柔软的角落。即使多数人还是很冷淡甚至冷酷，但我从来不多说什么，因为我找到了愿意对我倾诉的人。哪怕只是一个、两个，我都感到非常、非常幸福。每当我看见自己的书，都会想起有谁曾经对我微笑，有谁曾经给了我拥抱。我想谢谢他们愿意用体热和笑容温暖一个平凡的人，谢谢他们抹平我的担忧和受伤，哪怕只是一个角落。

我活在不断的自我肯定和否定中，每天都被猜忌和嘲讽折磨得很痛苦。为了遮掩这种感觉，我会无聊到天天打牌，天天画画，天天像机器一样赶作业。我怕一旦闲下来就会想起今天又有多少不该做的事情多少不该说的话。夜晚太漫长，会成为负担，因为我习惯思考到天亮；白昼太漫长，会成为包袱，因为还有很多无聊的事情等着我去做。出书的时候我就想好了，也许这就是仲永的最后一诗了。因为我感知得到血液在体内被逐渐稀释的窒息感，好像握不住笔，好像打不出字，好像读不动书。我怕血液总有一天会成为透明的液体，所以要在还拥有知觉的时候，给自己留下烙印。

我会长大，会成为一个懂事的人。这也没有什么不好。我只是凭空怀念以前口无遮拦的日子，以前尽情疯闹的岁月。我傻傻地投入，然后傻傻地被伤害了，最后，别人在结束遗忘掉疼痛之后继续胡闹，我却停了下来，开始拔出骨节，长出姿态。曾经有一个人说我看上去很成熟，但有时候又幼稚到极点。也许是因为我害怕太过成熟会变得忧郁，又怕幼稚的自己沦为庸俗，每当我想写点画点什么的时候，我就推托说没有时间，有作业要做、有朋友要聊、有偶像剧要看。这样我就能逃离曾经的世界了，我就可以在无聊中变得更加麻木。我讨厌边写边掉眼泪，也讨厌剖析自己般地写真情实感，因为我很怕被误解，同时也很怕不被了解。

但每次只要我一动笔就会哭，情不自禁地把自己带进去。所以我整整一年躲得很远，不敢碰键盘，不敢想文字。我每天在学校学习远在天边用不到的知识，然后拿到一个又一个高分，最后，我会成为一个正常人。就这样，我一边憧憬一边厌恶。

我的书成了我心中的绝版纪念。也许就此之后，我就不再是那个会写字会画画的孩子；也许就此之后，我就会长大。我只想着不要过多去想未来，就这样安然地度过孤独的每一天。

回家的第二天下午，我和妈妈提着一袋子书，跑到三年前我就读的小学旁边的书店，请老板在书架上摆放我的书。上个星期妈妈也这样做了，她事先没有告诉我，在我现在读书的校门口书店放下几套书，还张贴了海报。当妈妈在跟书店老板说话的时候，我跑到隔壁拍大头贴，很认真地摆表情。等我回到书店，认识很久的老板居然要我在海报上签名。他的笑脸让我感到发窘。其实我明白，老板并不真的指望我的书像郭敬明一样大卖特卖，他只是顺带做好事罢了。虽然我会因此感到些微失落。我明明知道不可能让每个人都喜欢自己，但还是会在心中静静地期待。最后我很扭捏地在海报上签了名，怀着对自己深深的厌恶跑出了书店。

我厌恶不能落落大方胸有成竹的自己，也厌恶居然对这样的自己感到厌恶的我。

从书店出来，我给小学同学发短信，告诉他们我出书了。短信发出去的一刻我已经不再期待有回音。不是因为对谁失望，只是不想抱有期许。我自嘲般地想起如果是书里的我，也许这时候会在电脑前啰啰唆唆说自己又变钝了之类的话，后来才发现我一直都是钝的，以前只是忍着痛拼命揪出个尖角装成锐器。

在家待了两天，天气又慢慢变凉，半夜下起小雨。我什么作业也没写，坐在书桌前，用那些做书布袋剩下的边角余料，开始动手缝小袋子。我打算给自己做一个，给同学做一个。

又过了一周。星期六考完试，妈妈来学校接我。我们没有直接回家，而是去了华豫川酒店吃饭。我在车上问请的谁、谁来请、为什么请。妈妈回答我，请的是印刷厂的老板夫妇，还有涂图绘画班的两位老师，我家请客，请他们是为了答谢。

如果给我一个机会证明我是个傻子，也许我会选择面对着大人的我。一顿饭，我吃到头昏脑涨，吃到怏怏不乐。不是因为那位老板人不好，实际上我很喜欢他，他在饭桌上很能侃，很像在同学中天天胡扯的我；阿姨很漂亮很温柔……我也说不上我的难受是为了什么。

也许是因为两位老师，在绘画班陪我成长五年的老师。想起曾经和他们一起度过的每个欢乐的日子，而现在却好像初次见面一样的淡漠与生疏。老曹是我最喜欢的老师，他教会我很多课本上学不到的东西。也许他对现在的我、吃饭应酬的我很失望。我知道这样的局面多半是由我造成的，因为我长大了，因为我懂事了，因为我改变了。这应该全怪我自己吧？本来想听到几句 他关心的问话，在学校过得怎么样？还有时间画画吗？本来想送上我一直坚持画画的本子给他看，告诉他至少我保留着一份梦想。可是书包里的本子不翼而飞，一时找不到了。我握着车钥匙站在酒店楼下，不想再回到刚才的包间里，不想让他们看到这个我。

我还是回到了酒席上。这时，老板又在强调我应该感谢老爸老妈，为我的书付出的辛苦。我的鼻头开始发酸……这种话我已经听了N遍，我这时不得不怀疑自己是个不孝顺的孩子了。如果感恩非要表现得很足，也许我应该将老妈的杯中酒一饮而尽；如果一定要把心中的爱打扮成劲头十足的表演，我宁可做个木呆呆的中学生，摆着被应试教育摧残成半残的模样，面对那些对我的未来抱有期望的大人。我看着因为喝酒而脸色涨红的老爸，和面带微笑应和的老妈，眼泪开始想往下掉。

可是它没掉下来，我还是面无表情地坐着，像个被蜡封住的小人儿。我想哭。我哭了。我没有哭。

我想变成一个落落大方的女孩子，我想在签名的时候手不抖，我想在深深失望的时候露出微笑，我想在喜欢的人面前装得平静自然，我想不要这么敏感这么脆弱……有很多事我很想很想。然后我发现，这些是我以前一直都能做到的，可是现在越来越做不到了。

回到家，回到这个唯一能包容我的地方，回到这个唯一能让我不再勉强挺起驼背的地方，回到这个我也可以耍脾气闹情绪的地方。回到家，像小鸟收起羽毛歇息。我在水龙头下体会头痛得像塞铅的感觉。打开手机，又开始一种凭空的期待，结果等来了欠费通知和同学的一条短信，他告诉我，刚在书店买了我的书。

我重新坐回书桌前，面对电脑，开始打字。洗完澡的老爸进来问我今天过得快乐吗？我很痛快地说了不快乐。他以为我在被中考煎熬或者为填报志愿作难，我说不是。他又问是不是这顿饭我没有吃好？我说也不是，华豫川的男服务生都很帅，我看得很尽兴。没有得到答案的老爸走了。

想起我没和老曹说我的心里话，想起这个生疏的、让我不安和无奈的夜晚，想起侃侃而谈、很义气的老板，想起被打动的老爸的神情，想起自己都不喜欢的我，想起最终开始掉眼泪的自己……

我今天晚上不快乐。也许不是因为累、因为烦、因为难过、因为沮丧、因为伤心、因为自责、因为怀疑、因为勉强、因为尴尬、因为僵硬，因为我已经习惯了累、忘了什么是烦、什么事都会难过、总觉得沮丧、为很多事会伤心、无时无刻不在自责、活在不断的自我怀疑中、每件事都要勉强自己、总在制造尴尬的瞬间、为了这样的自己而僵硬。

我今天晚上不快乐，于是，我说服自己，是因为昨天晚上没有睡好，吃了过辣的东西，晚上没玩成电脑；我今天晚上不快乐，是因为白天我看见有个同学把我送他的书扔进角落；我今天晚上不快乐，是因为模拟考试时我坐在不喜欢的人前面；我今天晚上不快乐，是因为我是个任性又自私、无聊又呆滞的孩子。

我决定爬上床去睡个不存在的好觉。等待明天早上一睁眼，大哥和嫂子来约全家出去吃饭。这次我一定要认真地、努力地吃，专注享受美食，不在吃饭时努力想下一句该说的话，该驼背就驼背，然后咧嘴笑，拍桌子，不让眼泪流下来。

2010. 5

VIP!
XX家政
XX电器
X五金
小 张

文具袋 The Pencil Box 水笔 / 20cm × 14cm / 2010.12.7（左）
课桌一角 The Corner of My Desk 水笔 / 17cm × 25cm / 2010.12.4（右）

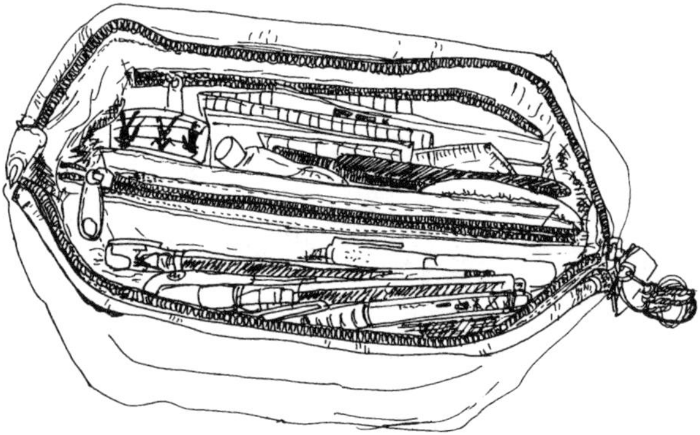

don't forget you
LISTEN TO THIS 1
Pinocchio

二模考试 The Second Simulation Exam 水笔 / 20cm × 14cm / 2010.4.27

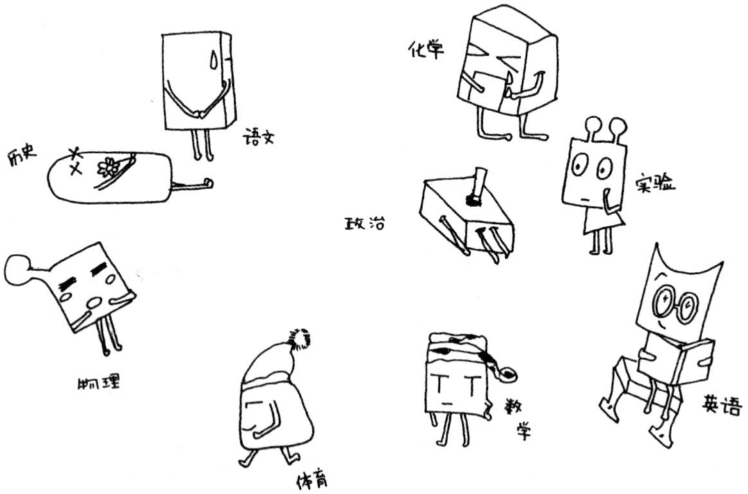

I draw it after my second simulation exam when I was in grade 9.
They represented the subjectis I took.The picture showed how
they ended their lives in several different ways...

考场 A Test 铅笔 / 20cm × 14cm / 2011.5.4

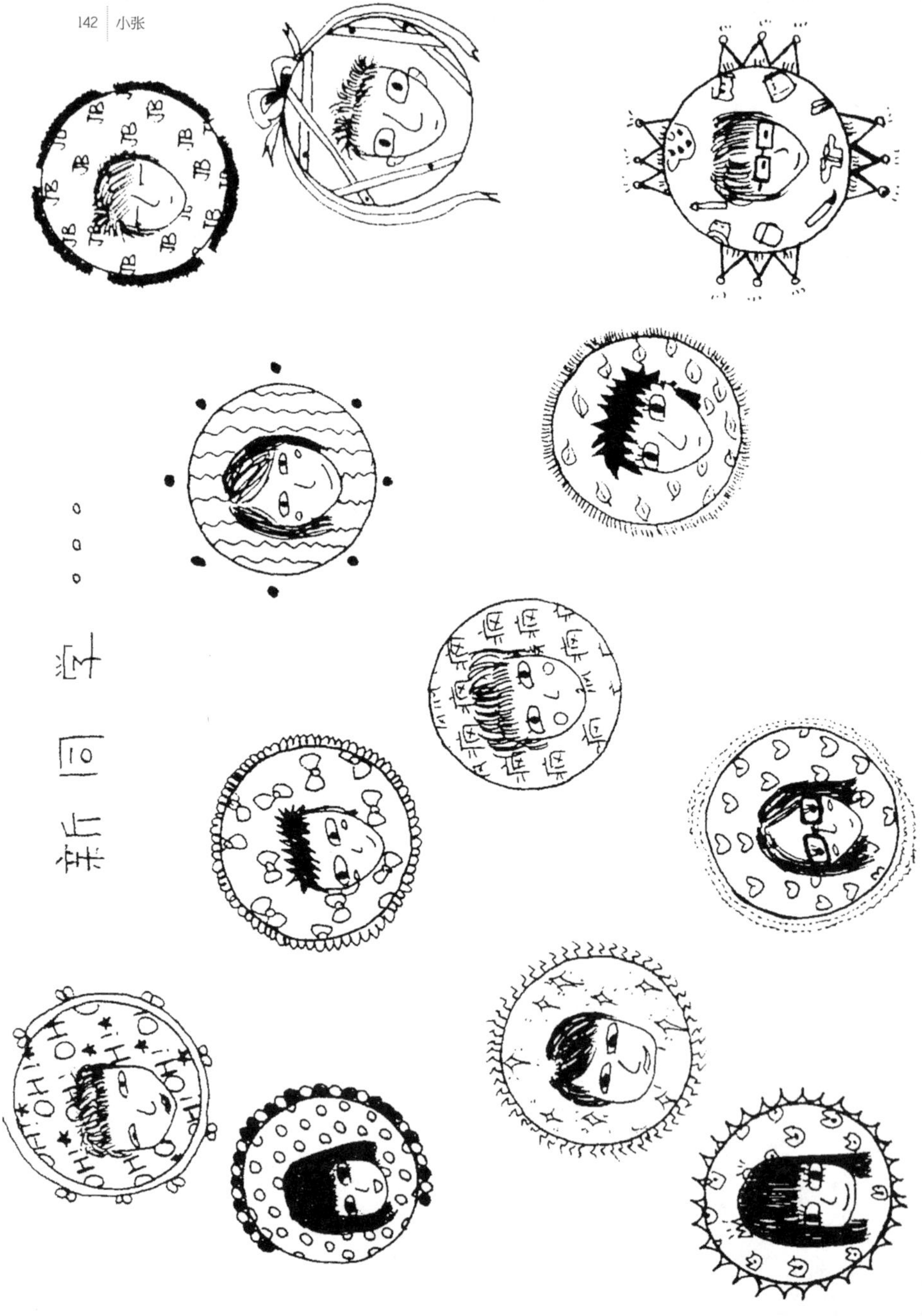
新同学……

新同学 New Classmates 水笔 / 20cm × 14cm / 2010.8.27

结束初中，进入高中……
新同学、新老师、新本新笔，还有新灵感。
希望美好的日子不变。
希望我还是那个能画画的我。
希望爱上。

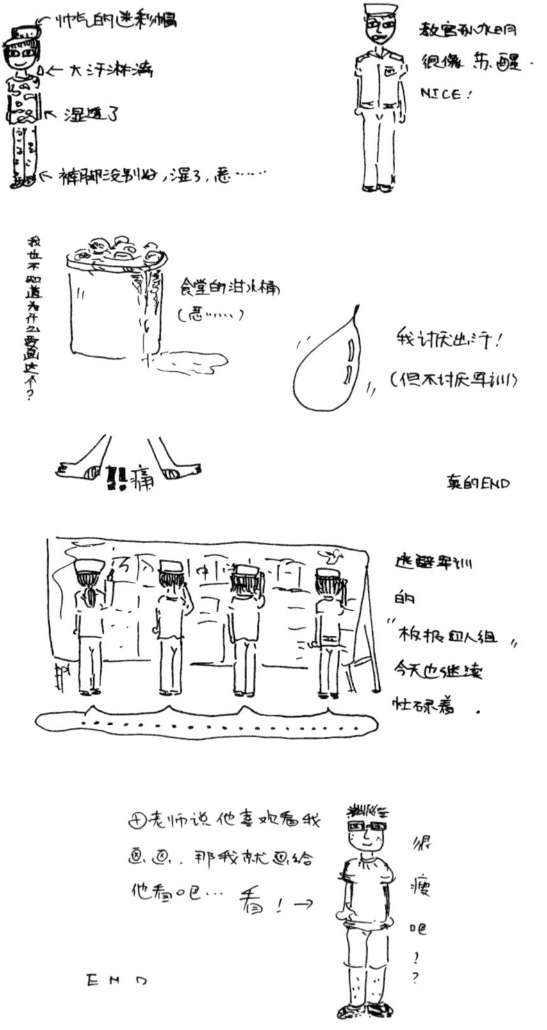
帅气的迷彩帽
大汗淋漓
湿透了
裤脚没扎好，湿了，恶……
教官和小明
很像 苏醒．
NICE！
我也不知道为什么要画这个？
食堂的泔水桶
（恶……）
我讨厌出汗！
（但不讨厌军训）
!!痛
真的END
逃避军训
的
"板报四人组"
今天也继续
忙碌着．
Ps 老师说他喜欢看我
画画，那我就画给
他看吧… 看！→
很
瘦
吧
？
？
END

空集 Empty Set 水笔 / 20cm × 14cm / 2010.8.25

What is math?
OTZ...

跑操 Morning Exercise 水笔 / 20cm × 14cm / 2011.5

跟我一起学做操 Follow Me to Do the Exercise 水笔 / 20cm × 27cm / 2010.5

同学陈萌青 MQ My Classmate 铅笔 / 20cm × 14cm / 2010.4.22（上）
同学赵冰洁 BB My Best Friend 水笔 / 20cm × 14cm / 2010.4.27（下）

赵冰洁让我画她，
我悄悄地画了。

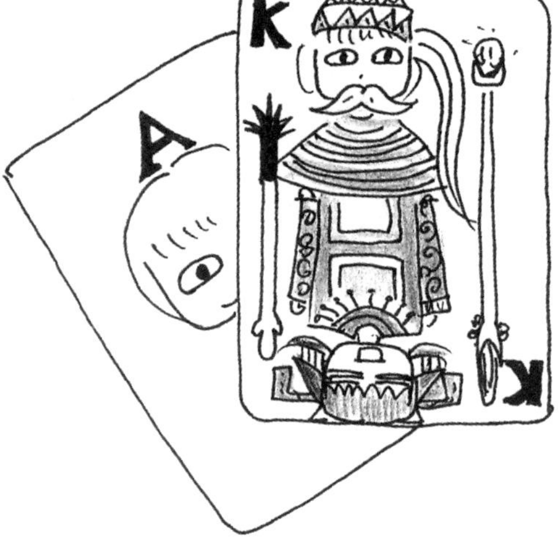

妈的
…
双飞

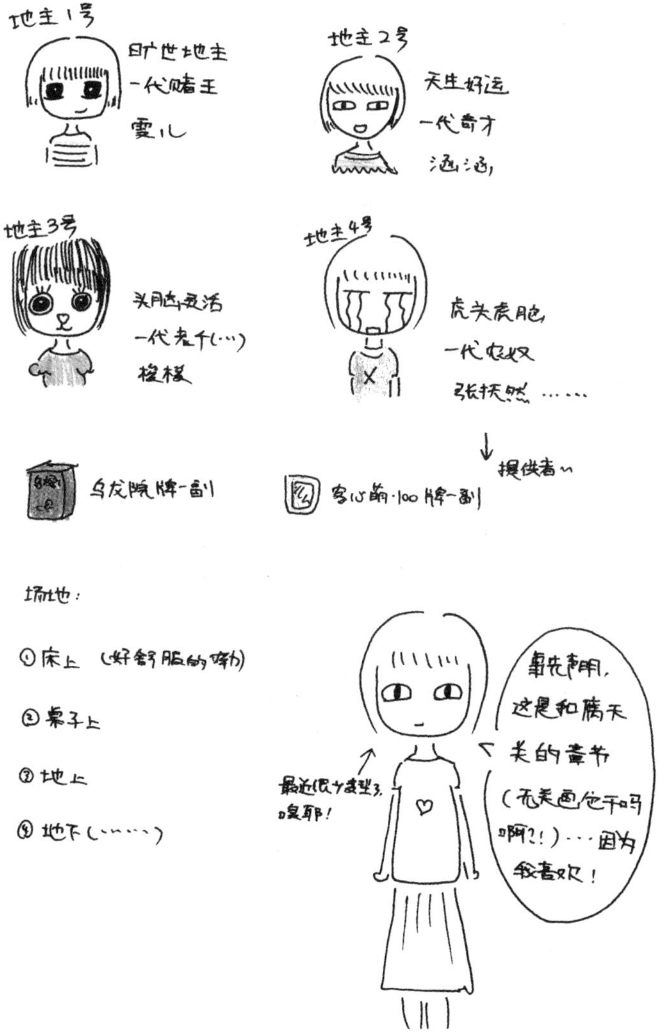
地主1号
旷世地主
一代赌王
雯儿
地主2号
天生好运
一代奇才
涵涵
地主3号
头脑灵活
一代老千(…)
地主4号
虎头虎脑
张扶然……
提供者
场地:
①床上
②桌子上
③地上
④地下(……)
这是和
的章节
因为
我喜欢!

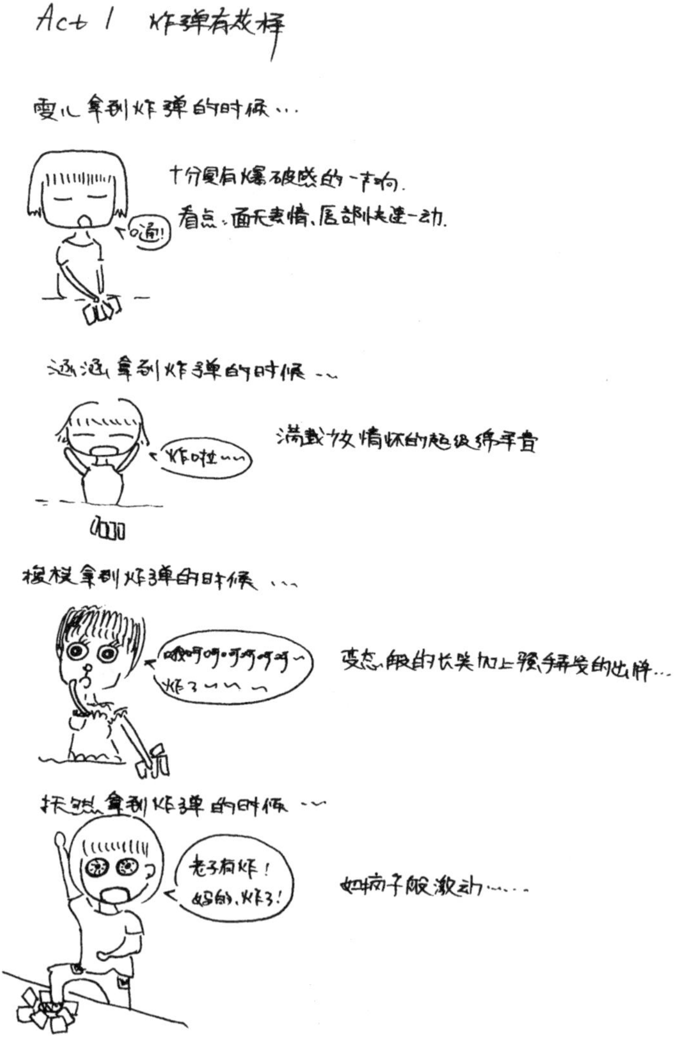
Act 1 炸弹有花样
雯儿拿到炸弹的时候…
嗵!
十分具有爆破感的一声响。
看点：面无表情、唇部快速一动。
涵涵拿到炸弹的时候…
炸啦~~
满载少女情怀的超级绵羊音
楼楼拿到炸弹的时候…
哦呵呵呵呵呵呵~
炸了~~~
变态般的长笑加上强悍的出牌…
扶然拿到炸弹的时候…
老子有炸！
妈的，炸了！
如疯子般激动……

Act 2 个人习惯？
我觉得牌很好耶，一定能赢！
天真无知
路人甲
阴暗的某梭和某然
Act 3 和腐女的斗地主大战
突然变成有眉毛的了
这局我要是赢了你就把本月新出的小说全买过来帮我把我的小说投到最X说上去署你的名字每天过来给我当人体模特到X窝上找XXXX的资源直到找到无M版的为止！
突然变身为壮汉（又画崩了）
攻受兼备
我要是赢了你就把上个月输给你的网王同人本还给我另带WONDERLAND的游戏全攻略和汉化补丁还有你的漫画爱与X的XX学园和你身上的T恤！

001
张宁
002
付植博
003
徐皓月
004
李娇杨
005
刘浩楠
006
张熙晨
007
008
陈继恒
009
010
王鹏豪
011
李鸽
012
张益晨
013
孔雅璇
014
申统
015
崔睿
016
常弘正

017
郭瑞琪
018
赵枫
019
甘霖
020
鲍剑威
021
杨子叶
022
023
尤越
已毕业
024
张翼飞
025
张乃天
026
027
殷嘉林
029
宋修昱
030
031
赵涵毅
032
张寒雪

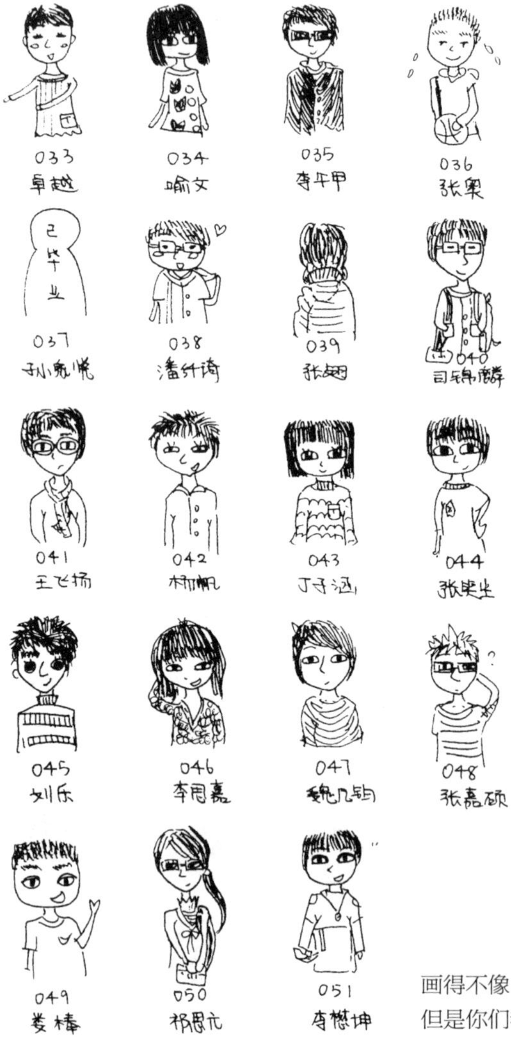

画得不像，
但是你们都在我心中。

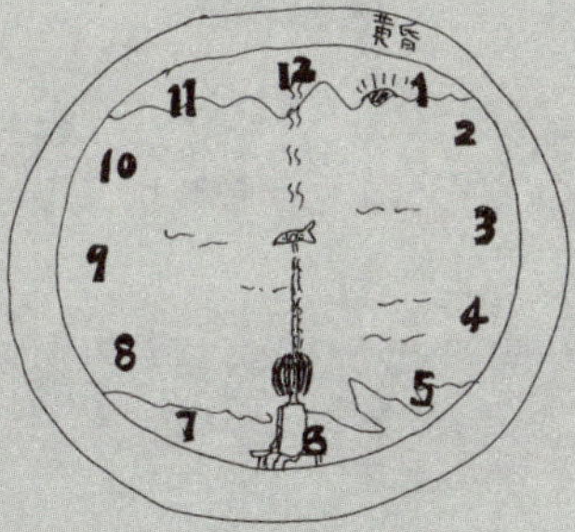

XIAOZHANG 小张

黄昏 DUSK

XIAO ZHANG
我愿意受伤 当我什么也不想干
的时候我想干什么 命运的悲
伤 不过是 哭 未曾

我愿意受伤
Willing to Be Hurt

If I can do anything to make you happy
Then I am willing to be hurt

如果我的无条件宽容
能换来你舒心的笑容
我愿意伸出手　紧紧握住刺向你的荆棘
我愿意受伤

如果我放弃一切本可能实现的希望
掩藏心底对你深深的失望
我愿意假装我的心没有在哭
我愿意受伤

如果我忘却流淌在体内的苦涩
能为你做更多让你幸福的事情
我愿意失去知觉来麻痹自己

我愿意受伤

如果我的话语让你不解
如果我的眼泪让你难过
我愿意变成哑巴　失去水分慢慢枯竭
我愿意受伤

但如果你一言不发释怀离去
我愿意送你去风景更美的地方
尽管我的双手早已支撑不住你的重量
我愿意受伤

2010.10

当我什么也不想干的时候我想干什么

What I Should Do When I Want to Do Nothing

For the time I do not know how to spend.

教室里嘈嘈杂杂，几个小团体窝在后面排演话剧，具体演的什么我并不清楚，总之是有关语文课文的历史剧目吧。身边散乱的桌椅上坐着“刘兰芝”和“兰芝母”，边大笑边对台词，“焦仲卿”不知去向。经打问，原来下楼打球去了。剩下的同学该聊天的聊天，该啃苹果的啃苹果。在隔壁的小教室里，孬姐今天依旧在起劲地跳绳，鲍学者埋头于书本，飞扬抱着电子书入迷。环顾四周，竟没有一个人像我一样这么百无聊赖。

下午，五点三十分，一天中最该放松的有限时间。可没有一个人浪费大好时光发呆或睡觉，人们在这种时候总能找到事干。以往我也有做不完的事，画画、聊天、打闹、吃东西，还有读书。可是今天，我没有灵感画画；周围的热闹声十二分团结紧密，隐秘地拒绝我的加入；身体里暴力的因子狂热地鼓噪着，但没人应和我。

二十分钟前我拉住张寒雪的袖子：“和我玩吧……”她哧溜一

下迅速闪开了。我又扑向咯咯笑着、站在垃圾桶旁削苹果的卡茜："来嘛，和我玩吧，来打一架。"她并没有放下手中的削皮器，接着梭走过来，环住她的腰宣告我挑衅的失败。我耸耸肩，无聊到开始转身踢墙。一个男生从身后经过，对我说："小二黑没事也喜欢踢。他踢左边，你踢右边。"

我无趣，走到隔壁教室拿了根木棍练习舞花。一群晚餐者饶有兴味地一边吃着小浣熊方便面，一边欣赏我慢八拍的动作。"我舞得像舞花吗？"我没有停下拼命运动的手，吭哧吭哧地问。他们都摇头。"神似。"半仙安慰我。我于是停下来，转而温习棍法，但是做到一半又忘了。恰好有高人在，他抽了根棍子（从一个蓝色垃圾桶里），从我不会的地方开始教我，但不到一分钟，他的棍子就无意间狠狠砸到了我的手指。

"你弄疼我了。"我撒娇。但没人上前回应。我似乎面对着一堵不透风的墙，大家都站在那一边，自顾自地，吃饭、聊天、毛着腰看书……被隔离的我最终无话，垂头丧气地回到了教室，回到自己的座位上。

"刘兰芝"和"兰芝母"的戏仍然毫无进展，两人在热切地讨论如何不在台上笑场。"焦仲卿"还没有回来。我掏出手机翻看视频文件，挑了《凉宫春日》的剧场版，从中间开始看。看了大概十分钟，发现剧情十分沉闷。换了部《武林外传》也从中间开始看，画面灰蒙蒙的，台词粗俗。但这一次我看了很久。当眼睛感觉到强烈的干涩和倦意时，抬头一看表已经六点了。六点十分班主任就要悄悄进班监察了。“刘兰芝”紧张地询问“春之声”音乐会的规模，我告诉她一个班去六个人。“不是，”她反驳，“最多两个人。”

“也对。今年多了一个实验部，每班参加演出的人会变少一点。”我随意改口道。

将近一个小时里我发觉自己连作业都没得写。数学作业呢？化学作业呢？生物卷子呢？英语单词书呢？它们都安静地躺在桌斗里，上面铺满了我细小而认真的字。什么时候我把它们都写完了呢？

迷乱而巨大的空虚感袭击了我。我本来是想写“孤独”，但一落笔就成了“空虚”。

最近我沉迷于这种充斥着繁琐细节的叙事，简直就像着了魔一样，将我脑子里所有的想法立刻一字不落地写出来。我惊讶于我的脑袋里居然装了这么多的东西，而且长期以来我从未将它们交付给任何人。

任何人——除了这几张破纸。

我终于发现自己没有作业可写了。但在一抬头的瞬间，黑板上就突兀地出现了一行字：物理P29①②③④。我像被赐予了一个天大的礼物！但我并没有马上从书堆里欢快地扒出物理书，而是从弯曲的、厚厚的镜片后面眯着眼，仔细研究那一行字——那一行横空出现的字。我思忖着那是谁写上去的，又是为什么会出现在我的眼前？一定有一个人惦记着这事。在我发了一会儿呆，然后低头找作业的时候，我并没有及时发觉班主任就立在那行字的旁边，莫名其妙地盯着我，我只顾着为物理作业陶醉了。接下来我开始做作业，像平日一样顺利：几个墨守不变的公式，几个正好能化简能开方的值，一支流畅顺滑的笔。五分钟后我做完了，对了同桌参考书的答案，居然全部做对了。

课间的时候我又无聊到去踢墙，不时伸着脑袋往班里瞄两眼，企图发现什么乐子。琐哥从我身旁经过的时候自言自语：“人都不正常了……”我们在两分钟后发生了口角，他从很远的地方哗地一下逼近我，压倒性的威胁。我干笑着后退，感觉就像被结实的木棍再次砸到我的手指一样。

整个黑夜很嘈杂，稀疏的人群在走廊上来回走动。

我难以摆脱巨大的空虚感，所以我不停地写。

我想写自己的感觉、感性，像“心里坚硬的无法被谁融化的冰”或“风干了沙中湿润的记忆”什么的，但我搜寻不到什么真切的情绪。一切在有序中进行着，时间、空气、暧昧、争吵，唯一与之不合拍的是我的大脑。通过不停地写，我吐出了脑子里的某些东西。我已经记不起上一次这样无所事事是什么时候了。本来我的身心是被某个愚蠢、自私、无望的东西硬塞满的，但现在这些都不见了，我一下变成了某种意义上的富翁。眼下，我意识到这个本子已经被我写到最后一页了，剩下最后五行，而出于某种使命我必须填满它，别让它像我一样空虚。

快写完了，可我想说的话仍像剩下的笔水一样多。

我想说说课间时两个同桌的谈话、一场狗尾续貂的计算器竞赛、一包被我恶意揉碎的方便面、一张涂来改去的座次表、一支走珠被摔得不再光滑的笔、一个爱对我使用暴力的同桌、一群期待通过音乐会初审的同学、在我前面低唱《爱情转移》的“焦仲卿”、疲惫不堪的化学老师，还有谁和谁支离破碎的爱情。

2011.3

命运的悲伤
The Sorrow of Destiny

You will never understand anyone, because you are straight.
And the straight cannot judge love.
Love is crazy, blind, but also pure.

当我蹲在笔记本电脑前，用两个小时仓促看完《我爱菲利普·莫里斯》后，我的心里很堵，虽然这部影片的海报是那么阳光，又定位为美国喜剧片，电影调子明快，金·凯瑞肢体语言丰富搞笑，但是当我看到结尾，伊万·麦克格雷戈扮演的菲利普·莫里斯在史蒂夫的最后幻想中，对着他露出比阳光更灿烂的微笑时，我认为这部本来是用以给腐女轻松解闷的喜剧片，根本就是一部悲剧，尽管没有《断背山》那么可怕。

影片讲述了这个世界上最疯狂的同志的故事。史蒂夫原本只是个试图安分守己的普通警察。他从小被母亲抛弃，因此得不到收养家庭的重视，长大后如愿成为榜样人才，拥有贤惠的妻子和可爱的女儿，是邻居羡慕的对象。他当警察的唯一目的就是找到亲生母亲。十几年的辛苦之后他终于找到了她，但她拒不承认儿子的存在，冷酷地将他挡在门外。接着又发生了一场严重的车祸，差点要了史蒂夫的小命。就这样，维持生活状态平衡的关键被打破了，史蒂夫决定放下一切重新做人——他跑到加利福尼亚州开始了真正的同志生活。

但正常的工作收入根本无法满足史蒂夫和他富豪男友的生活需求，四块刷卡付费的劳力士背后是史蒂夫无穷的骗局。也许这就是史蒂夫与生俱来的能力——骗。他骗医疗费，骗税款，还骗保险客户，反正美国社会能骗的人他都骗了，能钻的漏洞他都钻了。看到这里的人都会认为这是喜剧片的夸张想法，但实际上这却是真人真事。而更令人震惊的还在后面。

史蒂夫行骗最终被警察逮捕，锒铛入狱。在狱中他结识了帅哥菲利普，一个懦弱胆小又渴望温暖庇护的男人。他们相爱了。史蒂夫出狱后又装成律师把爱人保释出来，他们买下豪宅，去大海上度假，雇一大堆菲佣。生活看来如此美好，即使这些都是史蒂夫骗来的。但很快他在保险公司被自己的上司发现罪行，再次入狱。菲利普受不了他的欺骗，毅然离开了他。

监狱在史蒂夫看来，不是囚禁人生的可怕的牢笼，而是一道浅浅的栅栏，任他进出。从此史蒂夫开始了漫长的逃跑与被抓的人生：他收集绿色颜料，把监狱服染成医护服的颜色大摇大摆走出去；他偷了女装，扮成女警察理直气壮走出去；他十个月不吃不喝瘦成人干，伪造病历成了艾滋病患者被送出监狱，可笑的是医生们从来没给他做过艾滋检查以辨别一下真伪。史蒂夫逃出监狱不为自由，只为他的真爱——菲利普·莫里斯。他不在乎自己身处哪里，也许菲利普一辈子在监狱而他逍遥法外的话，他也得犯点什么罪把自己“弄进去”。在爱的面前，联邦警察和布什政府就是P，因此他们恼羞成怒判了史蒂夫一百四十四年监禁，相当于无期徒刑，每天二十三个小时封闭关押。在人们看来史蒂夫的越狱冒险似乎已经结束了，但影片结尾，他又哈哈大笑着逃了出来，在湛蓝的天空下飞奔，奔向菲利普所在的方向。

这是真人真事。现实生活中的史蒂夫名叫拉塞尔，目前仍被关在美国监狱中，而真实的菲利普二○○六年出狱，如今正在某个小镇过着安宁的生活。关于那几百次试图越狱的传说也是真的。也许法律并不像我们认为的那样安全可靠，就像拉塞尔自己说的：“我能这么做而且成功，是因为我身边的人都太笨了。”但影片不是要告诉我们如何警惕骗子或教我们怎么瞒天过海，它只是讲述了这样一个离奇又真实的故事，然后留下我们对此进行深刻的思考。

所谓深刻的思考也是有多方面的。“迅雷看看”上网民对《我爱菲利普·莫里斯》的影评，字里行间多流露出对同志的厌恶和不理解。不得不承认这样的故事不是谁都能接受。但我从影片中感受到的东西大多与性取向无关，而是与人性和命运有关。看到结尾，听着滑稽可笑的音乐，感慨良多。

在这场疯狂的恋爱中，菲利普是个普通人。意外地入狱，面对罪犯的暴力，他缩得像只兔子。然后这时史蒂夫发现了他，一头漂亮的金发，碧蓝的眼睛，笑容美得快让人融化。如果这是一段发生在两个凡人之间普通的爱，也许我们就看不到这部电影了。但史蒂夫对菲利普的第一句话就是：“我是个民法律师。”他从对爱人的第一句话开始就在撒谎，这除了显示出他当时打定主意要和菲利普在一起之外，也让人无奈地意识到一句谚语给我们的教训：狗改不了吃屎。欺骗，是史蒂夫表达爱的方式。但菲利普是个平凡的男子，他像我们一样认为欺骗代表着不忠诚，所以他无法接受。他的离开是注定的，他受尽了痛苦，爱也许就会在这份痛苦中渐渐淡去。他对史蒂夫的爱会刻在骨子里难以忘记，会在他以为史蒂夫要因艾滋病死去的时候爆发在电话线里，但他再也不会试图表达它了。因为经历过这些之后，他对于史蒂夫对他的欺骗和等待警察的日子里的心惊胆战，感觉会更强烈、更刻骨铭心。

也许认定《我爱菲利普·莫里斯》为喜剧片，是从史蒂夫的个人角度来决定的。毕竟这个疯狂的男人做出了那么多惊人的事情，为的只是一段难以圆满的爱恋，为的只是和菲利普终成眷属。他的心中总是充满了希望和快乐，幻想着下一次越狱成功后他要送给菲利普什么礼物，他该偷宝马还是宾利。史蒂夫是个有趣的人，他很特别，但终归也是造物主的产品。我想他只是个正常人，再正常不过了，即使他做出这么多惊世骇俗的事情。史蒂夫是人性中欺骗、自信、固执和某些根深蒂固的东西的放大化。这些东西从人一出生就存在，难得的只是它们在史蒂夫身上被激发，成为他性格中最重要也是最非比寻常的一部分。

我不大懂心理学，很难讲清我对于他的理解，但我试着用语言表述的时候，心中想起很多人对于影片的评价——如果史蒂夫懂得菲利普真正想要的是什么，他也许就不会坚持制造一个个骗局。但我想即使时间倒退，你扯着史蒂夫的耳朵喊他叫他带着菲利普好好回家吃饭，他也会充耳不闻。他骗钱的目的是为了让菲利普过上好日子，但他对于“好日子”的理解，不是菲利普灌输给他的，在这里，他的行动与爱情无关，与自己本身的性格有关。也就是说，是史蒂夫的性格决定了他和菲利普的结局。也许我们该说史蒂夫是自私的，因为他没有考虑过菲利普的愿望，他只是将自己认为的“幸福”强加在爱人的身上。最后，菲利普遍体鳞伤，黯然躲在社会的一隅独自生活；史蒂夫进了监狱，在终日严密的看守中渐渐学会放弃，学会认清这个社会对他的残酷——或他对这个社会的残酷。

这种可怕的执念是不会轻易发生在男女身上的。长期的地下生活和面对异样眼光而无法言说的心情，注定了他们的世界与我们不同。《我爱菲利普·莫里斯》中爱并没有藏着掖着，他们可以当街大喊“我爱你”，也可以挽着手参加派对，但梦醒来，这毕竟是电影。有多少人看着菲利普和史蒂夫会苦笑呢？对于新闻媒体来说，GAY也许是吸引观众的绝佳武器，但对于他们来说，一切是那样自然，史蒂夫说过，“我们的相遇是命运”。

我想起《Queer as folk》第三季里Brain苦笑着说过的一句话：“你永远也不会懂，'cause you are straight.”

Love is innocent.

爱情是无罪的，但当它面对两个性格截然相反的人，它也无力带来幸福的结局。监狱中的仰望，监狱外的神伤，过去的一切炽热得像火焰，烧尽了，最终只剩下脆弱的灰烬，为曾经的轰轰烈烈蒙上一层可悲。

命运对待每个人都是公平的，所以它让史蒂夫或拉塞尔在监狱中度过剩下的人生，它让菲利普隐没在人海中，也让我对着屏幕轻轻叹息。它通过影片告诉我人生的某种固性是不会随时间改变的，我们只能选择接受。

回味影片，那种说不清道不明的惆怅和失落笼罩着我，让我无法继续下笔。对于一个腐女来说，在一部同志影片中找到了如此深刻的含义，实在是意料之外的收获。

2011.6

不过是 Nothing More Than You

When I saw you lying to me
I knew you were just another him
Another him that would hurt me
Another him that I failed to forget

不过是又一个他
说着毫无作用的情话
不过又是一场自 导自 演的话剧
而我已不在乎收视率
不过是被伤得无法言语
又能在下一秒为他而放纵
不过是又一场梦
不死去　就不会醒

不过是又一个他
不过又是连篇的谎话
只是我在最初
确实诚恳地抱有灿烂的希望

希望换来的是两败俱伤
然而每一次都是我先重伤
不过是又一种醉
不掏心　就不会碎

不过是又一个他
不过是又一次失望
还好　我已经渐渐习惯
对痛的感觉
静静遗忘

2010.11

Cry 哭

Cry is used to show pain, sad and sorrow...
However her cry is so scary, so terrified
and so frightened.
Her cry is for him to drown.

气氛在不知不觉中被绷至最紧。

突然间她的话首先打破了沉默："到底怎么了？我们为什么要这样？"

她的胸膛在不断地剧烈起伏着，发出一头母兽般的低沉的喘息。她全身上下散发着悲伤的气味，脸上是因极度克制而被扭曲成平静、认真的表情。这种表情使她秀气的面孔变形，成为一种绝望的形状。

"没怎么。我没什么好解释的。"

而他仍用一双迷人的深邃的眼瞳轻柔地笑着，笑得不带一丝单薄的暖意。每当她陷入情绪膨胀之中时，他总是不能及时地察觉到不安的气氛。

实际上，他与她彼此都不知道自己在干什么。

在空旷而稀薄的空气里，像傻子一样毫不妥协地对峙着，用刀剑般残忍见血的伪装，拥抱对方。

他们又吵架了。也许这并不能算是一场“吵”架，只是一幕无聊至极的表演——一个歇斯底里，如同扭曲的断线木偶；另一个沉默无声，似乎忘却了站在舞台上的初衷。窄小的脆弱的舞台下没有观众，只有令人压抑的极度窒息。

能看见，眼眶中已浮出一丝红肿的她在做最后一次无谓的挣扎，也许歇斯底里并不是她的选择，只是像内心的支架瞬间溃败成落瓦一样，发出巨大而悲痛的尖锐嗓音。

也许长久的折磨为的就是等待他这一句话。她的眼泪开始大团大团地涌现出来，像混浊的珍珠，掉落在地上发出清脆的破碎声。一声一声，越来越大。

他有些不知所措，却无法收回笑容，像被冻死的鸟的翅膀一样的两片黑紫的嘴唇，一张一合似是吐出孤单的狼狈的音节。

整个空间逐渐被她细密的哭声包围了，那些在地面上奔流的泪像河一样蜿蜒成逼人的形状，渐渐充盈了全部的空气。一种溺水的压迫感越来越强。而他面前的她仍在用双手紧捂着脸低声哭泣。

泪从指缝滑落下来，却不再是一滴一滴，而是迅猛的江流，飞快染湿她的全身。

突然间，她从脆弱的咽喉深处发出一声高亢的长嘶，让他联想到盘旋在腐臭上的秃鹫。她的嘶鸣像尖利的指甲死命切刮着他的耳膜，带来排山倒海的痛感。可是他用手捂住耳朵也挡不住那鬼魅般的声音。接着，绝望的音律消失在起满泡沫的大海里。她从手中抬起她的脸，直面着他。

那是写满绝望的脸，像已死的湖，生存不住任何生命的鲜活。她原来镶嵌着一对灵动的黑眼睛的地方，出现一片茫茫的大雾，笼罩着不断流出液体的眼窝。没有色彩，也没有焦点。她不再看他，也没有在看谁，只是像木偶一样，从咽腔里持续发出抽噎声。他惊奇地发现她的脸色异常平静，也可以说是空洞。而那两行泪水从清澈的透明渐渐变得混浊，在她惨白的面孔上冲刷出两道浊迹来。

他还是笑着，那死一般的笑容凝固了。

乳白色的泪水逐渐变成了粉色，然后是红色，刷地一下跌落在地上，却没了声息。不知不觉间，潮湿的水分已经涨到了大腿，他低头看了看自己被埋在死水下的两条腿，在扭曲的透视中显得那么丑陋，像水稻被泡发烂的败根。

而她仍在不停地哭泣，给不了他一个停止的希望。

当整个空间被她的哭泣声填满时，水已变成了猩红色，一圈一圈漾出好看的涟漪。哭泣是脆弱、胆怯、伤心的表现，但她的哭泣是那么恐怖，像跳动不止的心脏。

她的哭泣只是为了淹没他。

可怜他并没有懂得他的命运，或是结果。就像以前每一次他狠狠捏碎她的心一样，他的笑容依旧灿烂着，透出一丝可笑的荒谬。泪水终于淹过他的头顶，这时他才发现它有多毒，发出刺鼻的臭气，腐蚀了他上扬的嘴角。

耳边已渐渐听不到她的哀号声，耳膜就快要融解了。

当心已经全部破碎的时候就不再存在任何感觉了，他在泪海中舒展着失去血肉的四肢，像鲸一样漫无目的地游着。不远处，还能感觉到她安稳的呼吸，静静地随着浪潮起伏。起伏。起伏。

就像他一样，她其实也不知道自己的泪何时是个尽头。以往那空洞的心中，被她温热的液体填得饱胀。他不曾给过的温柔包围着她，带来巨大的幸福感。所以她无法停止。

两个人被汹涌的波涛推得越来越近了，剧毒将他和她腐蚀得只剩下一副骨架。

他们共同浸泡在她的泪水中，走向湿淋淋的绝望。

2011.4

末曾

Having Not Be Forgotten

I still own my own thing. I still have the world.
I have not be forgotten by anyone .
I have not lost my heart.

在小区的路上脚步轻快地前行，边和他打着电话，边用双眼扫过熟悉的景色——一排砖红色的教学楼，路两边光秃秃的梧桐树，杂乱无章的轿车停在人行道上，路的尽头依然坐落着那栋青灰色的别墅，默默无声地注视着我。我迎着它走过去，深深地望了一眼算是久别后的重逢，然后向左拐去，进入一条小道。小道的左边是中学操场的铁丝网，右边则是教师公寓。已是一月初了，地面上那层厚厚的落叶曾经脆得像饼干，踩上去嚓嚓作响，如今已不见踪影，不知去了哪里，大概是被飕飕的冷风吹散了，或者早被形形色色的人用一模一样的脚底板踹成了碎末儿。

中考之后便再也没有来过教师公寓了。一座黄白相间的六层楼不起眼地窝在高楼林立的小区最东角，与学校一网之隔，常年被高大的梧桐树遮蔽。我曾每个周六从家步行到这里，大约五分钟，然后凭着模糊的记忆，寻找第四个单元门第四层楼的东户。

我从来都记不住我要去的地方的具体位置，在我的印象里，反正这座楼就伫立在那儿，不需我多费脑筋去记忆它的存在，每周，风雨无阻，我像识途的老马跟着双脚的感觉走到我的目的地。

现在，过了整半年，当我再一次走进单元门走上狭窄的楼梯寻找老师的家时，那种亲切、熟悉的感觉令人惊奇地并没有随时间而退去。本以为我又要可耻地迷路了，或者伤感地发现我已经不习惯在没有感应灯的楼道里一步步艰难地“爬行”，但我所发现的只是一楼的坏灯管不知何时已经修好了，楼道里各种奇形怪状的昆虫生物少了许多。除此之外，我仍像初中时那样，顺利地找到了老师的家，轻敲房门，听她在里面喊着“来了来了”，声音隔着一道门显得闷闷的。

初中三年，从初一到初三，从我的十三岁到十五岁，每个周末我都拎着一个破包，包里塞着数学卷子和演草纸、一支水笔和一卷卫生纸，吭哧吭哧去找刘老师补课。

刘老师是小区中学里的数学老师，只有二十多岁，性格开朗，讲课水平高，极受学生喜爱。她做我的家教一做就是三年，直到我上了中招的考场，拿出漂亮的分数。比起那些周末参加各种各样补习班快成机器人的同学，我只有这么一个家教。我换了几个书包、几个手机，搬了几次家，又长了几岁，只有她未曾离开过我的生活，像一道固定风景，却永不厌倦。同学更是又惊讶又羡慕我居然三年未换过家教。每周末我溜达去她那里——春天听着MP3，夏天吃着冰激凌，秋天边走边玩自拍，冬天捏着雪球……现在回想起这些，还是那么温暖的感觉。怀念的颜色总不会是冷的，我知道。

房门打开，我第一眼看到的还是穿着大红色羽绒服的她。因为教师公寓冬天不供暖，刘老师的屋里总像冰窖，这也是常年犯鼻炎的我带着一卷卫生纸上课的原因。她看了看裹得厚厚的我，笑容里多了一份默契。

还是那个小小的卧室，一张绿色的旧书桌上放着一台电视机，在播着相亲节目；卷子和教科书在门边摞成齐腰高的小塔；风扇造型的美的电暖器忠诚地蹲在床边，发出橘红色的微光。我恍惚想起去年的冬天来补课时电暖器也在这里，一年多过去了，它的光还是暖呼呼的。

几句 问候，没有任何啰唆，便开始补课了。我掏出卷子一道题一道题问起来，刘老师在演草纸上飞快地演算。一切都是那么熟悉，几乎没有停顿，一人问一人讲。不知讲了多久，刘老师突然歪头一笑对我说，还是教你舒服，上课真是一种享受。我也笑了。

我们开始交流起这一年彼此的生活经历，聊起国际班、她的学生、高中课改……我感受着背后电暖器的温度，似乎要烫焦我的棉袄一样卖力地释放着热量。一张卷子做完，刘老师已是感慨万千，她无奈地笑笑，说我已经不像初中时把数学看得那么重了，可以说是退步不小。听她这样说，我一时有些难过，像被戳到痛处。快期末了，本来这次补课的缘由，就是因为我摊开数学作业后发现没几道题会做，十分沮丧，不得已向老妈要求补一次课。来上课之前我还在家疯狂地写生物，写到脑袋爆裂。

回想最近几周，惊觉已快一个月没准时睡觉了。生活一下子显得杂乱无章，就仿佛一个人越是飞快地生长就越是飞快地倒退，适应力也随之慢慢减弱似的。对初中生活的思念在放肆地强烈增长着。

上着名曰国际教学的课程，却依旧对成堆的中方课力不从心。看看惨不忍睹的物理、数学，一息尚存的生物和跌倒爬不起的化学，以及陌生的历史，不知高中开学以来自己究竟都学了些什么。碎成一块一块残片般的回忆在脑海中打着转，溶解在浩瀚无边的学海中没了踪影，回想起来只剩下空白。空白吞噬了我的自信和优越感，也许还有虚荣心。眼看身边的同学早已超过了自己，而那些被丢失掉的时光究竟散落在了哪个角落？刘老师用疑问的眼神看着我，仿佛在责备我的松懈。

她的教课依然那么热情那么优秀，一张让我茫然无措的卷子在她的讲解中，答案一点点清晰起来，在脑海中成形。曾经的空白里有了点难得的颜色，又浅又清。

在刘老师的讲课节奏中，我开始思考自己来到国际班的意义，以及一个星期后的期末考试。时间流逝着，流逝着，分秒不停，不给人任何喘息的机会。我浪费着宝贵的时间，一边抄写数学题一边思考人生……

然而无论做什么事情，时间总是要被浪费过去的，不能控制的东西总给人一种无力感。既然无力感不会消失，何不以自己想要的方式去把握它、利用它，如果已经失去太多。

补课提前结束了，一个半小时。这时，刘老师班上的学生提着一大兜零食来找她了。我没忘记她一到冬天就经常犯的腹痛，关心地问起来，果然她正在忍受着疼痛的煎熬。年复一年，这位优秀的老师就住在这间小小的公寓里，把这个地方当做她的家，在平凡人世中努力工作赚钱。我依然记得她对我讲述过的在学校受的委屈、生活的艰难和金钱的来之不易，那些点滴的琐碎的小事一一浮现在我的脑海，再看着眼前的刘老师，好像没有丝毫变化，对学生、对教课依然充满热情。

在收拾书桌时，我不经意间抬头看见墙上还挂着那个竹筒——一个简陋的装饰品，侧面的那道裂缝还在，那是前年冬天硬被冻裂的。不知刘老师在这间冰冷的屋子里能不能安心度过今年的寒冬，她那颗乐观、热情、积极的心，是否也被这年复一年的冰冷冻出了深深浅浅的裂痕？

将补课费硬塞给她，我拿起包包戴好帽子和手套，挥挥手告别。刘老师像过去一样习惯性地靠在门边，嘱咐我一路小心，并祝我期末考出好成绩。我点点头下楼，听到她关上门后那几个学生在大叫“解放啦！我们吃东西吧……”我不禁笑出声来。

冬天的夜晚早早来了。想起补课的冬天有时候下课晚了，老爸会伫立在路边，背着手，探着头，等待我从一片黑夜中淡出的身影，然后我们就牵着手回家。今天下课后重新走在这条小路上，天已经全黑了，墨一样无杂色，风也依然肆虐着，可丝毫不觉得冷，心里满怀着期待，开始计划高一上学期的最后一个星期。想起家里堆成摞的复习卷子和习题本，几天来的烦躁和忧虑已经减轻了好多。一次补课，我找回了很多东西。难以解释清我到底找回了什么，只是走在曾经每周都要走一遍的路上，冷风和黑夜似乎在告诉我，我未曾离开，离开那些我带着感情去珍惜的美好回忆。

尚不知要具体做些什么，现在所想的只是做好那些功课，别后悔选择这样一条与众不同的道路。已经荒废的，我想就当它不是时间吧，只是我曾经的彷徨、失落，希望继续做努力的、最棒的自己，并不是多么困难的事情。

上了高中之后，朋友不在了，老师也换了，学的东西突然变得晦涩难懂，国际班的生活也不是那么的轻松无忧。太多的迷茫，太多的不适应，但我能做的又有什么呢？只是试着去接受这些。

强烈的不舍感来自于我认为我已经远离了原有的生活，太远了，好像再也找不回来。但也许，有些东西总是不能改变的。就好像那座不起眼的小楼一样，坐落在一群气宇轩昂的高楼之后，安于那么一个洒满了梧桐树叶的角落。它未曾离开过，只是我没有对它留心；它未曾抛下我，只是我自己走远了。

而我也未曾失去什么。

我明白那些美好我还能够拥有着。

足够。

2011.1

王牌 The Joker 水笔 / 14cm × 20cm / 2010.8.3

热辣呱呱小姐 Lady Gaga When She Is Young 水笔 / 20cm × 14cm / 2010.9.26

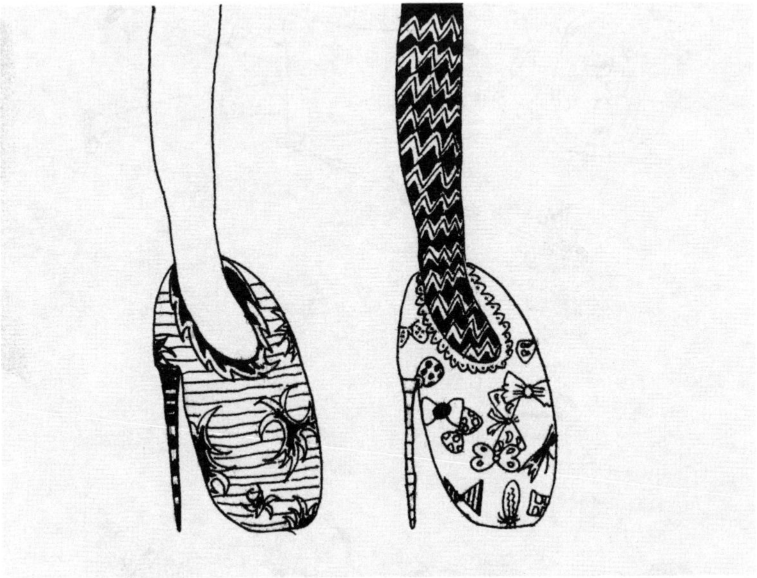

驱魔小姐 The Exorcism of Lady X 水笔 / 14cm × 20cm / 2010.8.27（上）
压寨夫人 Lady of the Village 水笔 / 14cm × 20cm / 2010.8.27（下）

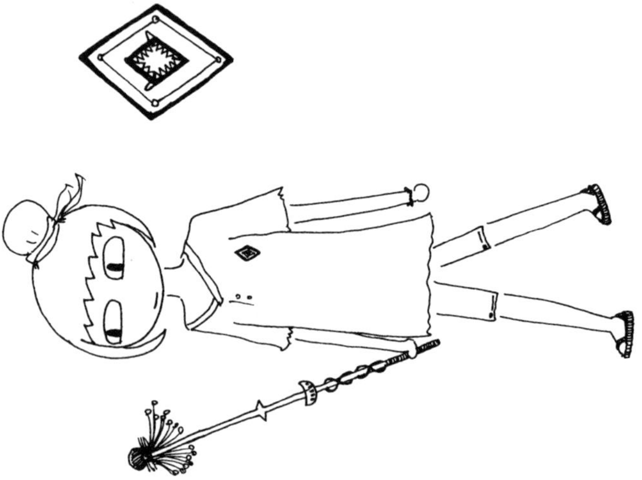

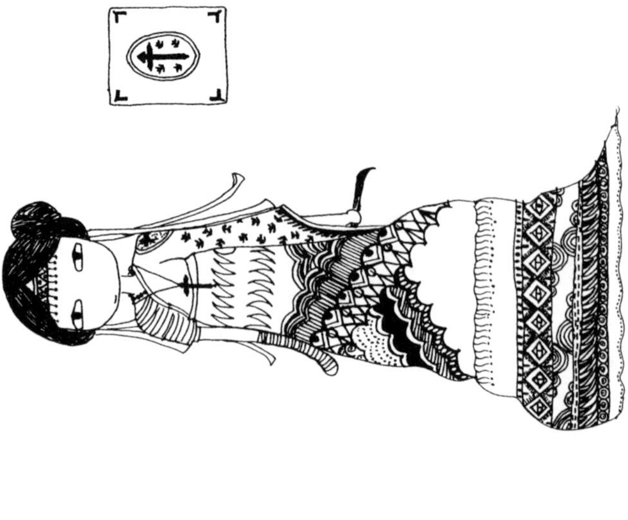

印第安女酋长 Female Indian Chief 水笔 / 14cm × 20cm / 2010.8.27

兔女郎 Bunnies 水笔 / 20cm × 14cm / 2010.10.12

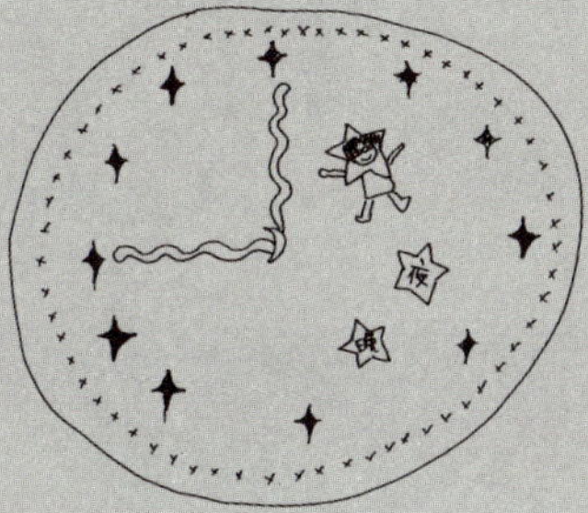

XIAOZHANG 小张

夜晚 EVENING

XIAO ZHANG
圣诞节，小句　在挪威的森林中寻
找　总会有这么一天　今生最爱，
我的小阿迪

圣诞节，小句
Christmas Wishes

I gave you my best wishes at this special time
All I needed for Christmas was you

1

满树金色的芒星

衬着你冻得通红的小脸

你哼着颂歌

慢慢地原地旋转

像一只笨笨的臃肿的麋鹿

午夜时分偷偷地狼狈地

从窗户爬进你家的圣诞老公公

想用一片飘落的雪花

说一句 轻轻地爱你

2

都凉了　身后藏着的蛋糕

结冰了　拧不开盖子的玻璃汽水

飘雪了　寂寥无人的街道

世界在冰蓝色的迷幻中

只有你是暖的

你在笑着

在午后这个安静的圣诞节

You are the warmest existence

In this quiet, lovely winter

3

去年这个时候我们在圣诞树下接吻。

“你还记得那件事啊，哈哈，挺浪漫的。”

“我当然记得啊。你还发现星星少叠了一个呢，抠门儿。”

去年这个时候你背着我走结冰的路回家。

“别提了，你那时候真重啊！熊似的。”

“可是你也没有怨言啊，现在才说我重。”

“呵呵，我怎么敢呢？”

去年这个时候你买我最爱的CD送我。

“她现在都快过气了……”

“我从来都没喜欢过她的歌啊，一直都是因为你是她的fan。”

今年这个时候，我一个人，自言自语。

“是啊！呵呵，顺便说句，圣诞节快乐！”

“呵呵，同乐。”

2010.12

在挪威的森林中寻找
Seek in the Norwegian Wood

I once had a girl
Or should I say
She was living in
The norwegian wood
And I lit a fire on it

看罢《挪威的森林》（以下简称《挪》），听着Beatles的《Norwegian Wood》，心里久久不能平静。一个多小时的非高清电影，挑战着我的视觉承受能力及耐心。而曲终人散，终得发出一声短促、悲凉而略带遗憾的叹息。提笔想写点什么纪念一下我半年来的执著等待，却半晌无从下笔。

还是先从我最爱的松山研一说起吧。若要我为此部电影评一个五星，那三星必来自他在电影中的演出。他扮演的渡边不仅是电影的男主角，更是电影的灵魂。作为男一号，渡边是个性格不突出、处世待人都生冷孤僻的平凡大学生。他不似脆弱的直子扛不起现实社会的重量，也不比大胆的绿子言行古怪招摇。他身上似乎有一种模糊的色彩，使他非常显眼地被混融于人海之中。而正是因为他能游走在单纯的精神世界（封闭的直子）和复杂的肮脏社会（开朗的绿子）之间，才使两个女人深受他的吸引。

这种“平凡又不很平凡”、“异类又不够异类”的青年正是研一的拿手好戏。他只消将神经质的本质隐于温柔的双眼之中，多散发一些他在《不要嘲笑我们的性》中的朴实可爱就能拿七十分了。可是松山是个有野心、有魅力的男演员，七十分对于第一次演电影的水原希子（绿子的扮演者）可谓是满分，可对于松山只能算及格之憾。幸而他不用为此遗憾，因为他在《挪》中的表演绝对可以拿到九十五分。每一个投向直子的眼神——远到只有背影的、近到贴着脸颊的，侧脸、正脸、俯仰……无不令我心碎动容。那不是强烈的爱的眼神，而是一种含着期待和恐惧、温暖和不安的保护。松山用他的眼神保护着直子。他的肢体语言总和环境那样契合。可以说松山已经是渡边了，那个会在深夜里听雨徘徊的渡边，那个在假革命的人潮中带着平和表情穿行的、令人心动的平凡男人。

能让渡边如此深爱的女人直子，此次却悲剧地沦为全场唯一的不和谐音符。刚看到菊地凛子的名字时我就预感会砸锅。奥斯卡果然是所有演员的噩梦，况且还只是个提名。不是谁都能像全度妍一样凭实力笑到最后。菊地俨然已经成为日本电影和“国际”套近乎的最大王牌。从《通天塔》到《东京之声的地图》，她是越演越烂，到《挪》已经是绝对烂的水准。我喜欢她不是因为她怪异的着装品位或多到令人难以置信的皱纹，而是她当配角的一部深夜剧《桃花期》，染着黄发扮成恶女的她才是最美的。

在《挪》中，她确实卖力演出了直子的神经质，但可惜只神经却不美。公道点讲，她这次的表演确实很突破自己，但这种突破只会加重《挪》的不和谐感。别忘了，直子应是直发飘飘、温柔纤细的女孩，稍带着点脆弱和无助，很有林黛玉的味道。冥思苦想半天我想到了气质较符合的栗山千明和香椎由宇，她们都有直子的美丽和气质，至少从视觉上来说更像。有人评价菊地这次演得像“鬼”，我只能说鬼也罢人也罢，她在《挪》中的表演并不会为她的国际星途添光加彩，作用可能恰恰相反。想要演一个不属于自己的角色，怎么可能获得赞誉和好评呢？

关于电影中另一位女主角绿子，导演找了模特出身的靓丽女孩水原希子，且混血。希子勇气可嘉，表现可圈可点，尤其是几场和松山的戏很不输气势。绿子是一个对人生抱有诸多疑问与不满的女孩，总将其对人生的疑问与不满化在她出格的举止中，比如她对男女之事大胆到可怕的好奇心（常让渡边很头疼），以及古古怪怪的想法。从外表看，绿子就是漂亮可爱、大胆开放的女孩。希子做到前四个字就能撑住场面了。至于泼辣和其古怪、神神经经的内心，让一个平面模特去演得淋漓尽致是不可能的。尽管不到位的演技使绿子魅力大减，但她仍然比得过像《午夜凶铃》里的贞子一样的直子。最后在雪地里与渡边对话并拥抱的戏，我觉得希子演得很出彩。虽然她离很多人心中的绿子女神形象还差得太远，也受到了和菊地凛子不相上下的非议，但在我看来她是合格的。

一部改编自畅销经典小说的电影很难超越原作，成功的例子可以说几乎没有。陈英雄身为知名导演有再大的野心，也无法本真还原那个《挪》里的世界，那个属于一个特殊的时代、属于他们几个人的世界。好在导演十分有诚意（据说是原作的死忠饭），电影几乎和原作没有任何出入，所有的细节描写和场面布局都和书上的一模一样。渡边搞笑的室友大早上起来做操、假革命的人群在大学里喊口号游行、饭菜简单气氛优雅的校园餐厅……还有小林书店。估计看过电影的书迷们大多都原谅这部电影了，因为有太多温馨的细节让我们心底一软。

然而，那些没有看过原著的朋友呢？怕只是将其当做一部爱情文艺片了。不过，《挪》作为一部爱情文艺片，未免太阴森了些，其丰富、广阔的内涵，还是需要捧起书来细细品读。读完再去看电影，相信会有不一样的更为深层的感受。

我比大部分《挪》的读者出生得晚了些，对这部影响力巨大的作品自然也有着不同的感受。想到我和喜欢《挪》的朋友们一起热切地讨论着原作和改编电影，吐露自己的真实想法，就觉得心头一热。我对于村上春树的深爱仅次于川端康成。希望以后还能有机会看到更多改编作品，看到更多不一样的渡边、直子和绿子的身姿。

2010.12

总会有这么一天
There Will Be One Day

There will be one day that you find out you are still as blind as before, you have not become charming and mature as the time goes by.

There will be one day that you suddenly wake up from the grand and beautiful dream, like someone hit strongly on your weak and soft chest.

There will be one day that you have had a healthy body and a strong heart. You keep your excellent grade and a charming boyfriend. But when you open your eyes in the early morning, with the cell phone and a love story book beneath the pillow, you stare at the dark black and silence ceiling, you will know that all things you own are not what you want, the life seems to be stopped. There will be one moment that you burst into cry.

Then you will fall to a dream again, and continue your perfect and happy life.

总会有这么一天，你发现自己还是和从前一样的愚蠢，并没有随着时光腐朽变得美丽成熟。

总会有这么一天，你突然从无边的、瑰丽的梦境中醒来，像被人狠狠敲在脆弱又柔软的胸膛上，吐出半口血，混合着黏浊的灰色的泪。

总会有这么一天，你已经发育完全，心智成熟，拥有傲人的学习成绩和帅气又可爱的男朋友，然而当你一觉醒来，枕头下垫着发烫的手机和小说，望着漆黑无边的夜，你明白其实一切都不是自己想要的，日子好像在停滞不前。总会有这么一瞬间，你会想哭。

然后再次沉沉睡去，醒来依旧过着平凡的幸福生活。

2010. 12

今生最爱，我的小阿迪
The Love of Life, My Dearest Little Adidas

*The only one who has never left me is you,
my Little Adidas.
We are going to spend this winter
together, with winds and snows.*

亲爱的阿迪，今天才发现你已经不再青春漂亮了。开裂的接口、掉漆的彩扣、弯曲的鞋面，都告诉我，你已经不是那年那双白白的、拉风到极点的贝壳鞋了。更令人伤心的是你黄黄的鞋头，就算我用屈臣氏的无纺布使劲擦也擦不掉那一层淡淡的颜色，你就像在对我说，你老了。

想当年我初二毕业的那个夏天，在英国Worthing湛蓝的天空下，操着一口英美混杂的口语，和那个高鼻子的友人谈着快乐的恋爱，我从没想过我会在那里第一次遇见你。那是一个小镇上的大卖场，挑中你的人当然不是我，我眼光不济这是事实。你被摆在很高的架子上，三十四英镑。如果是我掏钱，我估计真的就不会买了。现在事实又告诉我，你比三百四十英镑都值。

那时候在视频里我们玩鬼脸的游戏，镜头扫过你被放在窗台上，白白的真可爱。我居然忽视了你比我的脚大两号的事实，愣是把你从边走边掉穿成了天下第一合脚。我现在买任何一双三十九号鞋都没穿着你舒服，就像人和家之间一对一的感觉。

后来恋爱吹了。我没有扔贵重物品尤其是衣物礼品的习惯，因此你没有被我从郑中女寝的窗户扔出去。我还是每天穿着你，蹦跳在上学的路上。我上体育课穿着你跑步跳远，你表现那么出色，都让我忘了你是板鞋。你不臭不捂，天冷了觉得暖和，天热了觉得舒服。我那时候都想不起来自己还有别的鞋子，好像每天都是穿着你过的……

穿着你，我走过了初三，拿了很多奖，还出了书；穿着你，我走过考场和书店；穿着你，我走过许多新鲜的地方。你还是百搭鞋，我总是配个短裙穿，配条牛仔裤穿，还配校服穿……夏天热了也穿着你，直接导致了我以后再也没穿凉鞋的习惯；冬天里面塞个厚袜子还穿着你，还让你去踩雪。我不懂事，以前不知道爱惜你，也不知道保养你，总是让你在土里滚、在水里蹚，且丝毫记不住你是真皮，下雨了照穿不误……

你是出镜率最高的，也是故事最长的，长到我身边的人早都不记得你原来的身份是礼物，你原来的爸爸是帅富。没人敢拿你开我玩笑，我也早忘了你的出身。你是我的代言词，是我一年四季的朋友，后来我又买了那么多鞋，可没有一双像你这么贴心。

这双没你好看、那双没你瘦、这双板太硬……你已经变形了，已经退色了，可你还是比它们都好看。我的眼中只有你。

每个人都有自己的恋物情结。一支考试必用的笔、一件约会必穿的T恤、一个怎么也丢不掉的本子……有时哪怕只是一只勺子。我想你也是我的唯一。

你不金贵，不是那些限量版；你也不特别，只是Adidas每年数十款产品之一；你不个性，外形中规中矩，顶多五彩几何图案可爱点；你也不华丽，白鞋带、白底子亲民临家。你早就被流行抛弃了，现在穿着你走在街上也没人会注意你的样子了。但你在我看来永远都是最好的，你是我一个人的宝贝。

亲爱的小阿迪，人心会变。我穿着你去见过的那些男孩，他们有的穿昂贵的限量版，一天一换；有的没品位没眼光，一年一双；有的随便穿穿，邋邋遢遢；有的偏爱高帮，样子越夸张越好……他们都离开我了。他们喜欢的是会穿高跟鞋、会描眼线的女孩。但我只会傻傻地穿着你，穿着这份平庸和安心，做一个不吸引人的普通女孩。我和你一起，度过了这两年多来的所有日子，你早就知道我不会去追逐别的鞋子，我爱着你，也爱着自己。

小阿迪，你见证了我生命中所有青涩的时光和重要的时刻。你去过我的老家，体会过小溪的清凉，你爬过山，你出过国，你感受过多少路面的冷暖……而现在你终于不再活泼了，你被我天天穿得起了皱，裂了缝。你待在角落里看我穿起新的阿迪，你会想我吗？

你还想走出柜子和我一起去看更远的世界吗？

小阿迪，我舍不得你。我本来决定这周穿你的，可是你那么可怜，我还是放弃了，决定先好好刷刷你，让你干干净净地重新上路。

亲爱的，我已经长大了，不是当年那个穿着你和爱的人狂舞、踩雨、跑海滩的浪漫孩子了，你还爱我吗？

亲爱的，我爱你。你是我的青春，你是我的唯一。

不曾离开过我的只有你，小阿迪。

我们要一起过这个冬天。

2011. 10

攻受兼备

失落的Z1 Lost Z 水笔 / 20cm × 14cm / 2010.4.27

失落的Z2 Lost Z 水笔 / 20cm × 14cm / 2010.4.27

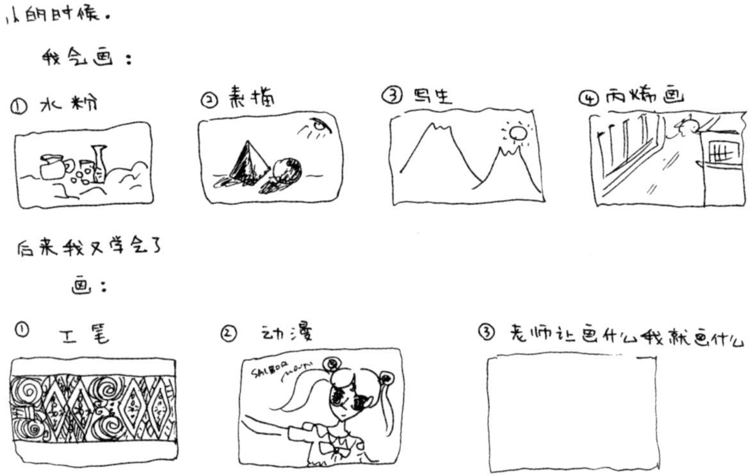
小的时候。
我会画：
① 水粉
② 素描
③ 写生
④ 丙烯画
后来我又学会了
画：
① 工笔
② 动漫
SAILOR moon
③ 老师让画什么我就画什么

只会画小人的人2 A Painter Who Only Paints Little Man 水笔 / 20cm × 14cm / 2011.10.4

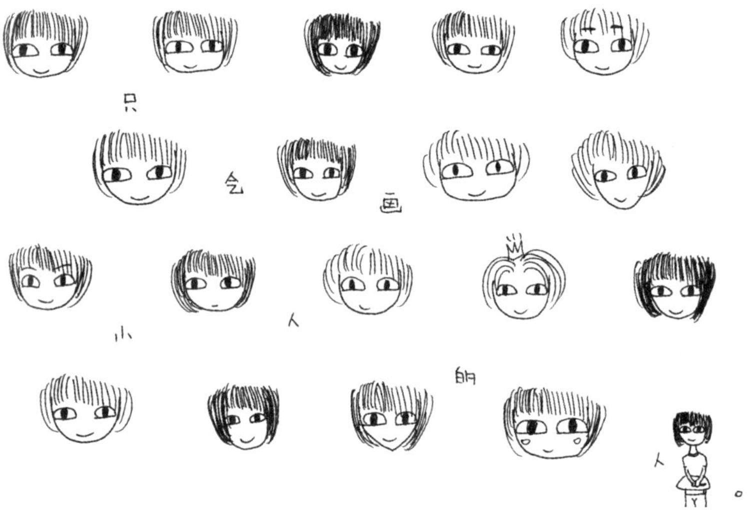
只
会
画
小
人
的
人
。

世界很忙，什么都会发生，什么都在发生。
我却只会拿着笔，只能拿着笔，只有拿着笔
画一个又一个，一模模（请重读）一样的小人。

The world is busy,
everything is happening, and everything will happen.
I can only hold a pen,
draw one and another the same little men.

XIAOZHANG 小张

梦 DREAM

XIAO
ZHANG
在路上

在路上 On the Road

We are like ants in a box.
The box is large, and we are small.

吹哨之后，仍不见床铺上的她们谁动一下，整个寝室里蔓延着懒懒散散的睡眠气味。

她就在这种气氛中，悄悄地叠好被子，轻手轻脚地踩着吱呀作响的床板，一点一点下床。

虽然已经尽量不发出声音了，可是在一片呼吸声中，双脚落地的声音仍显突兀。

“干吗啊？！存心吵醒我们是不是？小声点儿！”

对面的床上女生非常爽利地骂了一句，蠕动了几下，又没了声息。吓得她动也不敢动。三月份停了暖气，大理石地板很凉，但她却不敢多走几步去穿鞋。因为鞋子放在柜子里面，而柜子此时是关着的。

不知所措中，她望着似豺狼虎豹般的三具一动不动的身躯，它们像随时会扑上来扼住她的喉咙……终于咽了一下口水，光着脚飞快地走到柜子前，一把拉开劣质的木柜门，连一秒也不敢停顿地把双脚胡乱塞进运动鞋，然后抓起书桌上的书包，夺门而去。

在走廊上急速奔跑的时候，她依稀听见在空气里漾开的室友的叫骂声。在走廊尽头的转角，遇见两三个高年级女生从楼上款款走下，她本能地站在墙角，闪着身子让路。这时她后悔刚才趿拉着鞋子跑出来的邋遢形象，因为她分明看见那些女生，第一眼就瞄上了她的鞋子，但很快又轻蔑地把目光收了回去。

不知道晚上回寝室又会被她们怎么样……她缩着肩膀，低着头，任由刘海儿扎着眼睛。在乱蓬蓬的头发下那双失神的瞳人像沉进了波澜不惊的湖面。她被看不见的人群推推搡搡着走出了宿舍楼。一道强烈的炽光迎面直射进身体，令她无处遁形。不远处从另一栋宿舍楼中走出的男生，笑闹着，拍打着手中的篮球，修长的腿大步跨着向前。

她似乎受到了某种感召，迈开步子以超过其他女生两倍多的速度，顺着熟悉的上学路，如同识途的老马一样头也不抬，一直向前。经过一个右拐、一个左拐后，她又和从初中部宿舍楼跑出的孩子们一同融进庞大的人群。

她回头飞快扫了一眼身后的宿舍楼，真像一个蚂蚁盒子，她想，从里面，每天都走出很多被饲养的蚂蚁，然后等天黑了，蚂蚁们又乖乖回到盒子里……

她走在一大堆花枝招展的蚂蚁里，被刺眼的阳光直射着，脚步越发艰难起来。

经过医务室和初中年级的宿舍楼，还有食堂，穿过一条马路，再经过图书馆，才是教学楼。这是一条又曲折又冗长的轨迹。在高中部教学楼前，人群又自动分成好几拨，不同年龄的脸庞继续向前，去往初中部、国际部和实验部。

循规蹈矩的蚂蚁们三两成群，从一个盒子里出来，又匆匆奔向另一个盒子。

即便今天没能在一吹哨时就赶出来，她仍然是屈指可数的早早到班的学生之一。实际上，当她低头看着自己的鞋子越过班级后门的门槛时，还没发觉教室里几乎是空空如也。只有负责开门的女生在趴着睡觉，还有坐在最后一排角落里的一个背影很挺拔的男生，正在托着腮看窗外。她走到自己的座位上——倒数第二排正中间，然后放下书包，开始犹豫着是不是该去厕所整理一下邋遢的鞋子。

“龚茹，你还是来得这么早啊！”突然背后有人叫出自己的名字，她愣了一下，回头却见只有那个托腮的男生，仍然在专心致志地看着窗外。

鬼？她的后背泛起阴森的寒意。

龚茹默默地转回头，决定去厕所穿好鞋子。

从厕所回来的时候，班上同学差不多来齐了。龚茹的同桌正捧着一本书在看，当龚茹走近的时候，她仿佛闻到什么邪恶的臭气一样，马上就放下书本捂起了鼻子，直到龚茹坐到自己的座位上，她仍然用嫌恶的眼神来回扫视着龚茹的全身。龚茹紧张地想：怎么了？我身上有什么味道吗？会不会是刚才去厕所……

“你刚才是不是去厕所了？”果不其然，同桌突然发问，她的声音尖锐难听，像刮在玻璃黑板上的长长的指甲。

“啊，是……”

可是……

“我说过多少遍了！”同桌陡然提高了八度，惹得全班同学纷纷回头看起热闹来，“在外面兜一圈把气味消了再回来！你到底冲不冲厕所？！”

听见前面几个男生哧哧地笑了，但龚茹的脸色显得很平静，就像一张白纸一样揉不出颜色。其实在冷然的面色背后，她都快要哭出来了。有洁癖的同桌依然在用灯泡样突起的大眼睛瞪着她，鼻翼夸张地翕动着，好像要从她身上吸取更多难闻的臭气。龚茹手足无措，无话可说，只好低着头开始绞弄自己的衣角。

可是……她其实是想很勇敢地说——可是我没有上厕所啊，我只是去整理了一下鞋子而已。

看着终于扭过头去愤愤地翻起英语书的同桌，龚茹再次垂下眼帘，体味着空气中的那一丝不存在的异样气息。她小心翼翼地呼吸着，像是在用自己新鲜的肺抽换掉污浊的空气一样。

……而且我也洗手了。她不禁在心里补充了这么一句。

如果问龚茹最讨厌什么的话，她绝对说不出“孤单”这种答案来。

也许最讨厌同学的犀利吧，仿佛带着刀刃的伤人的话语和行为，在龚茹看来简直就是致命的毒药了。

也有想过为什么自己就无法在这里愉快地生存起来，无法像得到水的鱼一样，享受冰冷刺骨的海水带来咸咸的动人温度。可能我天生不适合上学？她这样想着。

也许最讨厌被注视吧。龚茹总是自己上学、自己放学，像一把准时的尺子随时严格地刻量着自己，尽量与别人的时间错开来。

而这个“别人”，包括了同学、老师和许多混迹在同一个盒子里的陌生人。她总在寝室里抓紧书包，穿好鞋子，贴在噗噗掉渣的白墙上，不顾满头头皮屑似的墙灰，静待着老师的吹哨声响起，然后就飞奔出宿舍楼，享受阳光下一人独行的乐趣。晚上回宿舍则是最后一个，她甚至比那些卿卿我我脚下像粘了口香糖的情侣还要慢慢吞吞。在一片黑暗没有灯光的路上，龚茹总是自己慢慢地走着，盯着每一块凝固的黑色阴影，然后编出离奇的想象。

这种看上去一触即碎、实则坚固顽强的平衡，一直是支撑着龚茹住校的原因。从偏远的小城来到省会都市的西北角落里就读时，她并没有想过自己会过这样的生活。而现在没有退路的自己正在学着适应这里的规则，包括上学路上的规则、交往的规则、受罚的规则，和隐藏自己的规则。

不祥的异味好像严重影响了同桌的心情，她们一直无话。放学铃响后，同桌抓起Nike单肩包，趾高气扬地大步流星离开了教室。蚂蚁们又开始三两成群，唧唧喳喳起来。

“一会儿去不去吃夜宵啊？”

“讨厌哦！我才不要和她一起去吃……”

“今天不打残了高得南，我他妈就不叫高得北。小屁孩想摞我？看谁摞谁！兄弟们走！”

……

真正沉默的男女都在眉来眼去，躲避着老师从办公室小窗户里激射出的两道X光，偷偷摸摸牵着手，低着头。整个教室就像煮开的热水壶一样，浸泡着她这块冷冰冰的废铁。

晚自习下课是在九点三十五分，差不多到九点五十五分的时候，校园就会变得清静许多了。她趴在课桌上，聆听着时钟的滴答声和窗外的轻言笑语，等待着属于她的夜幕降临。

黑骑士要踏上征程了。

然而今天，龚茹觉得一切都不怎么对劲。

比如自己中午居然睡过头没有提早出门，比如路上踢踏着鞋子的双脚，比如鬼对她的亲切问候，还有无人的脏兮兮的厕所里散发出的臭气……包括现在，她小心地锁好后门，关灯后摸黑走出教室，锁好前门，确认门窗都锁得死死的了，走廊上已经没有人影了，邻班静默着，远远的走廊那一头是实验班正在加课。头顶的日光灯在走廊青灰色的墙上投出难看的形状。

“黑色”，是最能形容放学夜晚的词语。这时没有刺眼的阳光，也没有比阳光更带恶意的不屑眼神。龚茹脚步轻快地在路上走着，她的心情随着一路固定不变的沉默风景变得越来越好，甚至想要唱歌了——她的 MP3 里经常循环播放的一首歌，M2M 的《The Day You went Away》。

黑夜里，没有背着LV包、足蹬高跟鞋的女生，也没有一身Adidas限量版、戴着铁三角耳机摇头晃脑、嚼着进口泡泡糖的女生，也没有烫着梨花头、睫毛像刷子一样的女生，更没有露出修长美腿的模特儿样的女生。

这里只有龚茹一个，穿着白色的外套，蓝色牛仔裤，白色网眼运动鞋，背着双肩黑色书包，瘦小的，不起眼的，容易被模糊在人群背影里的，这么一个女生。

好像蚁后啊。

龚茹见四下无人，遂轻轻哼起歌来。

上学的路上，想要轻松愉快地行走似乎才是龚茹最讨厌的事情。总是感觉得到背后露骨的注视，还有不时的并无恶意的轻笑。不知道是从什么时候起自己开始害怕行走在人群中。怕自己微驼的背、低垂的头和单独的一个人会引起谁的好奇心，会被谁轻轻地看不起。哪怕只是轻轻地。

走在哪里也是一门应该列入必修课的学问。龚茹最怕碰见的是一大群唧唧喳喳的女生，大概有五个到八个，好像亲姐妹一样拉着手，呼啦啦一下占据了本来就不宽的道路，把所有人都堵在后面看她们行走的靓丽背影摇曳生姿。她们肆意评论着来往的陌生同学，曾经美妙动听的方言瞬间变得粗俗丑陋，不堪入耳。想突破她们的“壁垒”，顺利逃脱拥堵的人群，是比上课被同桌逼着举手回答一个没有把握的问题还可怕的事情。

还有那些穿金戴银的眼瞳颜色奇怪的女生，后来龚茹从同桌甩在她脸上的一本破杂志上看到了那叫做“美瞳”，就等于一个带颜色的圆片片，可以放进眼睛里。她们大多两个两个地扭着屁股傲视四方，带着一种限量版与生俱来的霸气。如果多在她们过粗的小腿肚上扫两眼，就面临着下课被围堵在厕所隔间里的危险。

还有她们缀满线头的垫肩小西装、破破烂烂的网眼袜、用胶水黏合的高跟鞋……龚茹不明白为什么只有她看出来这一切的不真实和虚假，或者为什么只有她对此感到别扭和不安。实际上，她们才是这所学校的潮流吧，她们才配掏出大把大把的钱只为每天穿梭在备受瞩目的上学路上。

龚茹四下打量着，发现路上没有一个人。骚动仍然发生在盒子里面，而她已经逃出来了。

今天，她没有起晚，或者说根本就没睡。她的其余三个室友中正好有一个就是“美瞳”，美瞳每天都要花很长时间打扮好出门，一边用贴满水钻的夏普翻盖手机给对面楼上的“老公”打电话，一边用另只手往脸上拍毛孔紧致露。龚茹就趁她在床铺上酣睡，毛孔还张得很大的时候顺应着哨声跑出了宿舍。周围很安静，初中部的孩子们也有起得早的，从她身边面无表情地跑过。

“龚茹，今天也好早啊！”

没想到又听见了鬼的声音，龚茹迅速扭过头，却看见好像是班里那个托腮的男生。

托腮眼神迷离望着远方，脚步却没有停下。他穿一身休闲装，皮肤很黑，黑得发亮，步子迈得很大。龚茹从来没和班上的男生说过话。她有片刻的迷茫，接着就慢慢移到了路的另一边。

“你为什么一个人走？”

这回至少可以确定不是鬼在说话了。他第一次和龚茹对视了一下，虽然是很短的半秒钟，接着又失焦般地望起天空了。

三月的阳光开始暖和起来，风也不是那么的冰凉。龚茹感到非常紧张，她当然不会傻到认为托腮想和自己交朋友。

他对我好奇。龚茹明白。

“一个人挺好的。”

她有些怯懦。声音很平实，没有多少起伏，像脚下结实的柏油路面。

“这样啊——”托腮拖长了声音像不满意这个简短的回答。但他没有再说什么，一双长腿慢慢超过了龚茹快要小跑的步子，如此轻松简单。男生的背影率先到达了教室，龚茹放慢了脚步，依旧带着一脸迷惑。

这仿佛是一场表演的开始。

之后的几天，托腮都像忠实的路人一样坚持经过龚茹的身旁，比她出来得晚那么几十秒，随意选择话题，说那么一两句，然后一点点超过龚茹。当托腮脚步领先于女生的时候，几句仓促的对话就宣告了终结。接下来的时间两人并无交集，也不曾有眼神的交流。

也许他真的是鬼。龚茹这样想。

他会问龚茹："一个人这么享受？"

还有："你听什么歌啊？"

当得到答案是M2M的时候，他笑得露出了全部的牙齿，不白不黄，是米色的："那么老啊，都什么年代了。你知道Lady Gaga吗？"

当得到"不知道"的答案的时候，托腮已经追赶上龚茹了。男生并没有解释谁是Lady Gaga，就扭着头飞快走掉了。

他没有朋友吗？没时间去纠结谁是Lady Gaga，龚茹渐渐开始注意起托腮。

如果他是鬼的话，也许也是吸血鬼那种受欢迎的类型吧。在书店里偷偷翻过《暮光之城》的她，有些羡慕地遥望着他和朋友们来回追打，喧闹。虽然长得不帅，但据说他也有一个"美瞳"做女朋友。只是走得很晚的龚茹没有见过他们二人，也许他们在实验楼里拉手，或者在操场上散步。又也许，他没有女朋友，但是在篮球场边有很多粉丝。每天晚饭后他在操场上打篮球，一个人运球，投球，然后在很多女生的崇拜眼神中大汗淋漓地离开。

但是当托腮清清爽爽没有汗水没有篮球在黑夜里出现在龚茹身边时，龚茹再次感到张皇失措。

已经九点五十八分了，情侣们也都闪人了，宿舍楼的窗口亮起了白色的灯，好像一座巨大的水晶宫，里面人影绰绰。感觉到身后的脚步声开始追近时，龚茹不敢说话。

像这一个星期以来一样，托腮又擅自抢先开口了："晚上怎么不走那么早呢？"

"……不想回宿舍。"

"为什么不想回宿舍啊？你喜欢晚上散步？"他半开玩笑地问，上扬的语调透露出亲切的、真实的好意。而龚茹只在这种无意间交心的问答中渐渐感到了力不从心的无措。

"……你不觉得宿舍像盒子吗？"她终于鼓起勇气开口，希望对方能理解自己的意思。

"……盒子？"在不清晰的光线里仍能看清托腮那挑起的眉毛和拧在一起的脸颊上的肌肉，那是一个纯粹的淡淡的笑容。

"那我们是什么？关在盒子里的……"他反问过来。

"……蚂蚁。"

平常时候，龚茹没有过多去想托腮，她只是像注意同桌对她的奇怪味道的反感一样，有时会竖起耳朵听到关于他的种种八卦。在这个不算大、不算小的校园里，她就是那个无人知道的蚂蚁，孱弱，渺小，带着自卑感，和总是无表情的脸。在这块被铁丝网围起来的苍白区域里，没有亲人也没有爱人，她孤立无援。

而托腮不一样，他有朋友有人气，所以他快乐。他是快乐的蚂蚁。

龚茹明白，他们是在同一个狭小的世界里的。

但是，不是每个人都属于这个世界。

在这个庞大的世界里，在这个庞大的角落里，在这个庞大的盒子里，我们扮演着不属于自己的庞大的角色，然后会合进更加庞大的人群，接着消失踪影。

回到寝室的时候，好不容易消停了几天没有找事的美瞳，似乎再次将炮火对准了推门进来时默不作声的龚茹。她用灿烂的微笑四下打量着龚茹脱去外套，等她撸起袖子准备去打水，那眼神可以杀死床底下的蟑螂。但是眼神之外，那空洞的笑容是如此五彩斑斓，令人不忍直视。

“不用去接了，你可以用我的啊。”美瞳非常利索地上前夺过龚茹手中的水壶，塞上自己的一只进口的保温水壶。

“正好，我洗脚就用了一点，剩下的你可以拿去洗脸。反正你的脸，用这水洗也正好，不是吗？不然怎么敢用这张脸看着王明扬啊？”

龚茹突然反应过来王明扬是托腮的名字。手上的进口货如此冰冷，里面的水也一定不会是热的。

“你怎么不说话？”

龚茹看着其余两个人，一个在埋头玩手机发短信，嘴里哼着流行歌曲；另一个冷眼旁观，手上不停地叠着衣服。

白亮亮的光闪在头顶。

我现在在这座巨大的水晶宫里头——龚茹这样想着——这座巨大的水晶宫，也是盒子，我在这里面，我是那个人影绰绰。

我提着没有热水的进口水壶，每天穿梭在没有人的上学路上，遇到一个我并没有期待遇见的人，发生着不算故事的故事。我每天都独自一个人，在这个讨厌的学校里，在这个只有蚂蚁和盒子的学校里，我被同寝室拥有进口水壶的美瞳女生欺负，因为我和她在意的人每天在上学路上说不到一分半钟的话。

然而我并不在意谁。我只是被这里包围着出不去的蚂蚁。

我们都是蚂蚁。

“你怎么不说话？”

托腮，不，是王明扬，仍然露齿笑着，在阳光下熠熠生辉。“回答啊，你明天去看我打球吗？在市中心体育场，不在学校里。我带你出去。”

两人并排走着，龚茹的头依然低垂，随着脚步的起伏，头发在飘着，好像要回答他的话又好像不要。托腮的眼神从遥远的蓝色天空中拉回来，落在女孩的头顶，脚步渐渐地靠近，他不由自主地就伸出了健壮的手臂：“怎么头发上这么多白的啊？头皮屑吗？”

“……不是啊。”龚茹开口了。

声音很平实，很稳，像脚底下每天被大量的学生踩过的地面，非常结实，没有裂缝，也不会吱呀作响。它承担着所有来往的学生的重量，在这条放学、上学的路上。

“是墙灰。”

这仿佛是一场表演的结束。

龚茹的话音未落，男孩的脚步已经越过她的半个身子。一切都在无声中循序渐进着。没有出口，没有回头，龚茹接受了头顶赤裸裸的日光照射下来的些微热度。看着背影消失在盒子里头。

而她依然走在去盒子里的路上。

2011.2

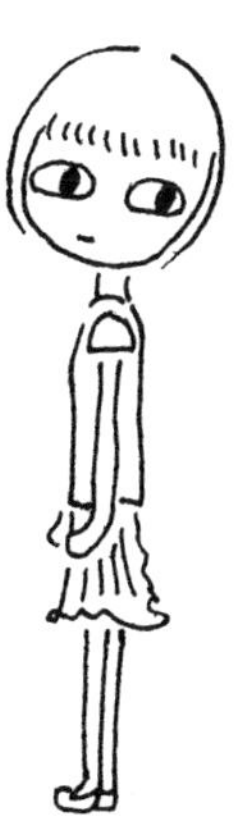

书房一角 My Study - desk 水彩 / 25.5cm × 37cm / 2010.12.

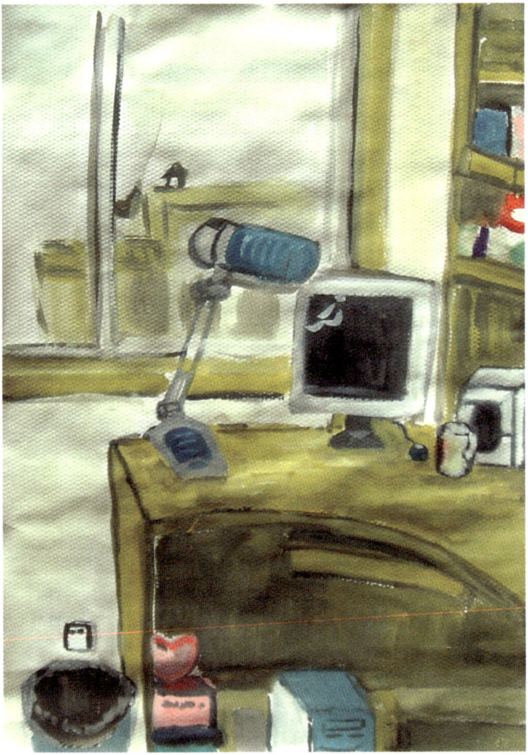

我是童装设计师 I Am a Fashion Designer for Youth 水笔 / 广告彩纸 / 20cm × 14cm / 2010.4.30（上）

我是时尚泳装设计师 I Am a Fashion Designer for Bikini Suit 水笔 / 广告彩纸 / 20cm × 14cm / 2010.4.30（下）

等天亮 Waiting for the Dawn 彩色铅笔 / 水笔 / 20cm × 14cm / 2010.5.17

I stared at the sky, waiting for the brights.

最美丽的下午，你和我，熊~ Norwegian Wood 2 彩色铅笔 / 20cm × 14cm / 2010.5.25

Argent night with my spring bear.

附录：绘画作品目录

Appendix : Contents of Paintings

张笑尘，女，1995年4月出生。

喜欢画画，喜欢写作。

2010年出版《张笑尘作品：我的单词簿 / 我的涂画册》，

获本年度“中国最美的书”。

现就读于河南省郑州中学高二国际班。

Coco Zhang, a girl who was born in April, 1995.
The hobbies are painting and writing.
Has published two books *My Notebooks for Words* and *My Painting book* in 2010,
and won “The Beauty of Books in China”.
Now is studying in international class, Grade 2, Zhengzhou Middle school,
Zhengzhou, Henan.

图书馆在版编目（CIP）数据

小张 / 张笑尘著 . — 郑州：大象出版社，2012 . 1
ISBN 978-7-5347-7020-3

Ⅰ . ①小… Ⅱ . ①张… Ⅲ . ①文艺—作品综合集—中国—当代 Ⅳ . ① I217. 2
中国版本图书馆 CIP 数据核字（2011）第 273594 号

小 张
张笑尘 著

出 版 人 王刘纯
责任编辑 尚 品
责任校对 陈 炜
英文校对 Amy Shi
书籍设计 刘运来
监 制 杨吉哲

出版发行 大象出版社（郑州市开元路 18 号 邮编 450044）
发行科 0371-63863551 总编室 0371-63863572
承印单位 河南省瑞光印务股份有限公司
排版单位 河南新天洋文化传媒有限公司
经销单位 新华书店
纸张规格 889mm × 1194mm 1/32
印 张 8 . 125
字 数 50 千字
版 次 2012 年 1 月第 1 版
印 次 2012 年 1 月第 1 次印刷
定 价 36 . 00 元

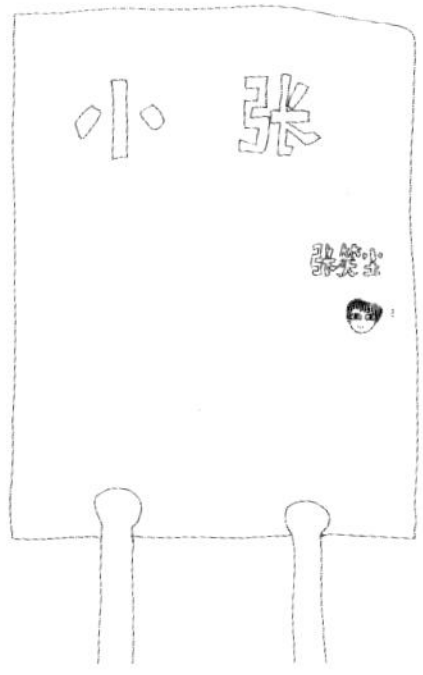
小张
张笑尘

谢谢你看完我的书♡
现在的我，就像这样。
头发长而乱，多而杂。
我不喜欢扎辫子。

上架建议：青春文学+绘画
ISBN 978-7-5347-7020-3
9 787534 770203
定价：36.00元